华文微经典

中国微型小说学会
世界华文微型小说研究会

主持

林 高

——

数字人生

四川出版集团 ⟫ 四川文艺出版社

图书在版编目（CIP）数据

数字人生／（新加坡）林高著．－－成都：四川文艺
出版社，2013.2
（华文微经典）
ISBN 978-7-5411-3671-9

Ⅰ．①数… Ⅱ．①林… Ⅲ．①小小说－小说集－新加
坡－现代 Ⅳ．① I339.45

中国版本图书馆 CIP 数据核字（2013）第 031600 号

华文微经典
HUAWEN WEI JINGDIAN
[世界华文微型小说经典]

数字人生
SHUZI RENSHENG

[新加坡] 林高　著

选题策划　时上悦读
责任编辑　舒晓利　李淑云
封面设计　所以设计馆

出版发行　四川出版集团　四川文艺出版社
社　　址　四川省成都市槐树街 2 号
网　　址　www.scwys.com
电　　话　028-86259285（发行部）　　028-86259303（编辑部）
传　　真　028-86259306
读者服务　028-86259293

印　　刷　北京山华苑印刷有限责任公司
开　　本　650mm×920mm　1/16
印　　张　13
字　　数　120 千
版　　次　2013 年 4 月第一版
印　　次　2014 年 1 月第二次印刷
书　　号　ISBN 978-7-5411-3671-9
定　　价　35.00 元

华文微经典

作者简介

　　林高，曾任新加坡作家协会理事、副会长。现为新加坡作家协会受邀理事，世界微型小说研究会（新加坡分会）理事。

　　林高之创作，以散文和小小说为主。1992年和周粲、张挥、林锦合作创办《微型小说季刊》；1993年创办《后来》四月刊；1997年主编儿童文学半年刊《萤火虫》与《百灵鸟》。上述刊物均由新加坡作家协会出版。2006—2008年受《联合早报　文艺城》邀约，撰写每月一评。著作有《往山中走去》《被追逐的滋味》《猫的命运》《笼子里的心》《林高散文卷》和《倚窗阅读》等。主编《新加坡微型小说精品》。

前言

有人曾说，地不分东西南北，凡有人类生活的地方，就有华人的身影。话虽有玩笑的成分，但当前华人遍布世界各地，却也是不争的事实。扎根世界各地的炎黄子孙，他们的生活状况如何？他们的情感世界怎样？他们的所思所想何在？……要找到这些答案，阅读他们以母语写下的文字无疑是最好的方法之一。诚然，并不是有华人的地方就有华文创作，但在一些主要的国家和地区，华文创作几十上百年来一直薪火相传所结出的果实，显然也是令人瞩目的。遗憾的是，因为多种原因，国内的读者多年来对海外的华文创作了解甚少。尤其对广布世界各地的华文微型小说这一重要且具代表性的文体，更只是偶窥一斑而不见全貌。"华文微经典"丛书的出版，可谓弥补了这一缺憾。

海外的华文微型小说创作，主要分为东南亚和美澳日欧两大板块。两大板块中，又以东南亚的创作最为积极活跃，成果也更为突出。东南亚华文微型小说创作兴起于二十世纪八十年代初，各国在时间上又略有先后。最早开始有意识地从事微型小说的创作，并且有意识地对这一新文体进行探索、总结和研究，而且创作数量喜人、作品质量达到了一定艺术高度的，是新加坡和马来西亚；稍后于新加坡和马来西亚的是泰国，再后是菲律宾和文莱，再后是印度尼西亚。在发展过程中，各国的创作曾一度因具体的历史原因而存在较大的差距，但这一状况在近十年来正日益得到改善。

美澳日欧板块则因创作者相对分散，在力量的聚集上略逊于东南亚板块。不过网络的发展正在弥补这一缺憾，例如新移民作家利用网络平台对散居各地的创作进行整合，就已显现出聚合的成效。

新移民的创作是海外华文微型小说创作中近十多年来涌现出的一股新力量。尤其是近年来随着作家对当地文化和生活的日渐融入，其创作已日渐呈现出新视野，题材表现也开始渐渐与大陆生活经验拉开了距离，具有了海外写作的特质。

以上是对海外华文微型小说发展的一个简单梳理，而"华文微经典"丛书的出版，正是对这一梳理的具体呈现（为避免有遗珠之憾，丛书也将有别于中国内地写作的港澳地区的华文微型小说写作归入其中）。通过系统、全面、集中的出版，读者不仅可以得见世界范围内华文微型小说创作风姿多样的全貌，更可从中了解世界各地华人的文化与生活状况，感受他们浓郁的文化乡愁，体察他们坚实的社会良知，深入他们博大的人文关怀，触摸他们孜孜不懈的艺术追求。书籍的出版是为了文化和文明的传播与传承，我们希望这一套丛书能实现一些文化担当。我们有太长的时间忽略了对他们的关注，现在是校正这种偏差的时候了。这也正是丛书出版的意义和价值之所在吧。

目录

水梅

　　水梅开花时，许多白色蝴蝶飞来，舞着。那香，清清幽幽透进空气里，展开在老奶奶的脸上。那是一种什么样的香啊。

　　陈老师舍得把他心爱的水梅送给我，颇令我感动。水梅，见得多了，都有型有款。陈老师把水梅栽在盆里，慢慢养，水梅的枝叶就按自己的意思慢慢形塑自己的形貌。陈老师花了半生心血，就只养这么一棵。这一棵，像历尽沧桑依然凛然傲立，散发着清香！

　　陈老师知道我是爱花人，才肯送给我的。他说："它陪了我半辈子，就让你来替换我的位置吧。"

　　可是，才三个月，水梅就不开花了，而且萎靡不振，叶子枯黄，掉落。

　　我紧张了，打电话向陈老师求救，才知道陈老师进了医院。

到了医院，陈老师先问我："水梅长得怎么样了？"我原本是要请教他拯救水梅的办法的，看他肚子肿胀，病不轻，便不好开口了，只好给了个模棱两可的答案："花开过了。"

　　"晚上，移到室外，月光、露水滋润了，清早看起来，精神得很。"陈老师说。陈老师照顾水梅的方法和一般人一样，讲起来，却含着关切，仿佛水梅能感应，主人必须敏感，才知道它需要什么。

　　陈老师似乎从我的脸色中觉察到什么，说："水梅的生命力很强的。"

　　我照着陈老师说的办法修剪水梅，小心翼翼，不敢随意剪去一枝一叶。那是一个生命，陈老师对它的爱必须传承下去。它振作起来，我就安心了。晚上，毕恭毕敬捧出去，放在院子里。中午，太阳太毒，赶紧捧回室内。捧出去，念一声佛。捧回来，喜滋滋，因为枝上有些绿，像小虫一样，钻出来了。

　　钻出来了，嫩绿，是稀稀疏疏的花蕾。生机回到枝上来了！

　　我兴冲冲地来到医院，要把好消息告诉陈老师。到了医院，才知道陈老师已经换了病房。很多人，亲友都来了。气氛有些不一样，大家低声窃窃私语。肝癌，可怕的字眼；三个月的寿命，惊人的消息。陈老师躺在床上，肚子胀鼓鼓的，身上的肉给什么病菌吃掉了。那病菌，还在吞噬。陈老师完全失去抵抗力了。

陈老师看到我，笑笑，说："水梅长得很好吧？"

"就要开花了。"再好的消息，这时也不能令人兴奋。

陈老师却说："花像人一样，需要人疼惜。"停顿了一会儿，像忆起什么似的，说："水梅的香，我最喜欢。"

我们默默相对，好像都闻到那香缕缕飘来。

回到家，我给吓住了。水梅新冒出来的嫩叶花蕾，都趴死在枝上。

婆婆紧张兮兮，结结巴巴地说，她在院子里烧冥纸，没注意到腾腾的热气把水梅熏死了。

哦，今天是七月初一，民俗所谓的鬼门关打开。一个怪异的想法莫名其妙地闪过我的脑海。

陈老师入院时，水梅病了；医生证实陈老师患肝癌，水梅给熏死了。

我傻愣愣地胡思乱想，茫茫然。

窗外无端飞来许多许多白色蝴蝶，飞舞，然后轻飘飘散开去，传来清幽幽的香。

给你

六七个孩子在草场上玩。他们跑来跑去，抢球。

谁抢到球，抱住就跑，其余的追。抱球的给追得急了，就把球传给另一个。球多半接不住，滚走了。滚到哪儿，孩子们边一窝蜂冲上去边叫。似乎分成两队，似乎没有，忽敌忽友，笑闹声把大草场填得满满的。

其中有个男孩，右腿短而瘦，一拐一拐的，跑得好吃力。他喊得最大声，声嘶力竭，整条小生命都在声音里震荡、飘扬。

可是，他总是比别人慢一步，球滚到眼前，又给抢了去。于是，他追那个抢到球的孩子，叫道："还我！还我！"和别的孩子一样，他玩得好开心。

有个女孩，抱住球，跑，绕了个圈，跑到瘸腿孩子的面前，说："哪，给你。"

瘸腿孩子终于拿到球，兴奋极了，使劲地跑，喊道："不要抢我的球！不要抢我的球！"他跑了半圈，才把球传出去。球是第一次从他手里传出去的，他停下脚步，看那接球的孩子，直拍手。

草场边上，树荫下，几个妈妈趁着孩子们在玩，聊起来。

"生个瘸子，造孽。孩子受罪呀。"

"她哪里放在心上？成天还打扮得妖里妖气的。"

"还让孩子玩，这游戏本来就不是他能玩的。"

"跌倒了，又怪别人的孩子。"

"他妈妈什么都不管。"

她们在数落瘸腿孩子的妈妈的不是，嘴里咬着怨恨，鼻子哼出冷冷的气。她们有她们热闹的角落。她们和瘸腿孩子的妈妈有嫌隙，是结怨了呢，还是看到瘸腿孩子和她们的孩子一起玩，心里隐隐有些不快呢？

草场上，孩子们照样追、跑、抢、叫、笑，他们玩着。他们的天地是一颗颗快乐的心，他们的心是个快乐的天地。

忽然，瘸腿孩子摔倒了。

"小加，快，爬起来，追……追他。"一个喊。

"小加，摔痛了没有？"另一个喊。

小加站起来，拍拍手，拍拍衣服，说："不痛。"便又一跛一拐地跑去抢球。

球正好滚到他面前，他双手抱住，抱得死紧，喊道："我的球！是我抢的。"

他抱住球，跑，跑得飞快，身体一摇一摆得更厉害，边跑边叫："小英，小英。"他跑到刚才给他球的女孩面前，把球丢过去，说："哪，给你。"

得救

　　这是爱媛两年来第三次换工作。这一次是在永发运输公司当书记。过去两次，她和同事都相处得不好。说不好，其实不很贴切，实际情况是，她看人家不顺眼，觉得人家都和她有仇怨似的。同事知道她的脾气，便避开她。但是，这不是她辞职的原因。她选择永发运输公司，主要是因为交通方便，薪金又多些。

　　至于人事关系，她从不放在心上。她觉得自己老于世故，已经是"铁杵磨成针"，随时可以刺人，一针见血。都三十出头了，什么嘴脸没有见过？谁都别想耍花招骗她，她有这种自信。

　　第一天上班，坐在她前面的愉园热情地和她打招呼，说："有什么要我帮忙吗？"

　　爱媛谢了。她已经从上司那里把自己的职务了解得一清二楚。她不稀罕别人施小惠，也绝不当傻瓜，做了别人应当做的工作，各做各的，井水不犯河水。不接受小恩小惠，就不欠人情，不必还债似的给人家好处。这样做人，清清爽爽，省去许多麻烦。坐在她后面的康芯要请她吃午餐，表示欢迎。她也婉谢了。不贪小便宜，就不会吃大亏，这是她的处世哲学。

愉园和康芯看她板着脸，不说一句轻松玩笑的话，知道她是个严肃的人，和她说话也就格外谨慎。爱媛反而有了安全感，她觉得这是她的警戒心换来的。

这样一天又一天，半年过去了。爱媛在她的内心世界过日子，同事在她们的圈子里过日子。

那天早上，愉园一踏入办公室便向康芯窃窃私语，说得入了神，把带来的张爱玲的《怨女》搁在爱媛的桌子上，过后竟忘记了。

午餐时间，愉园找小说来看，找不到。康芯也帮她找。两人找遍整个办公室，就是不见《怨女》的影子。爱媛闭目养神，不当一回事。愉园问她，她才说："没见到。"

到了下班时间，愉园惊叫一声："谁把小说丢到纸篓里了？难道是我疯了？"

昨夜刮风下大雨。爱媛第一个到办公室，对着窗外发呆。她看见康芯蹲在人行道上拨拨弄弄，又见她捡起一片叶子。人行道上，榄仁树赤红的落叶片片。她再捡起一片。用两片叶子，盛了什么东西进来呀？

"好可怜的小鸟。"康芯说。两片叶子上盛了一只小麻雀，羽翼未丰，身子抖颤颤，小嘴一张一合，叫不出声音。它是被风雨从树上打下来的。

愉园也来了。

"我怕它给踩死了，救它一命。"康芯对愉园说。

两人一面用纸巾替小麻雀抹干身体，一面叽叽喳喳，说得正甜。爱媛始终不插口。小鸟的命值得这么小题大做吗？她怀疑她们装腔作势，卖弄慈悲的姿态而已。

她们把小麻雀抹干了，却不知道怎么办才好，便把它放在窗台上，让晨光温温它的身体。

中午，愉园和康芯看见小麻雀不打战了，它拍打着翅膀，飞不起来，却努力挣扎着。她们高兴得叫起来。

"饿了吧。"愉园说。

"给它一点儿吃的，有饼干吗？"康芯说。

"我知道附近有间鸟店。"爱媛忽然说道。她是要试探她们的反应。唉，到鸟店买好麻烦……鸟店不卖麻雀的食物的……她以为她们会这样说，一下子慈悲的面具就揭下来了。不料她们雀跃欢呼，说："好啊！我们去买点儿什么给它吃。爱媛，你带路。"

爱媛带她们去了。

她们买了鸟食，还请教店主一些饲养鸟的常识，然后一起去吃午餐。这是爱媛第一次和她们在一起吃午餐。

9

蛇的故事

夕阳收回最后一抹余晖，大地温温的。

他和老伴在加冷河畔散步。上桥，在桥上看人来人往，多半是下了班匆匆赶回家的，也有像他们二老一样，悠悠闲闲在散步的。他往河里看，吓了一跳，定睛再看，原来是条塑胶水管，才松一口气，说："我以为是蛇呢。"

老伴只听见"蛇"字，就尖声叫嚷："蛇！在哪里？在哪里？"

一时想吓吓她，他便说："哪，在那儿，好大。"他指向那条水管。水管给水流冲着晃动，像一条蛇。

她不禁惊呼："蛇！蛇！"

马上有许多人围上来看，目光都随着她指的方向瞧去，没见到蛇。但是，他们还是盯着她指的方向，努力搜寻。一个看见了水管的"尾巴"，兴奋地叫："喏喏，在那儿，看到了没有？在那儿！"一个说："尾巴吱吱叫。"另一个叫道："对对对！但我怎么没有听见吱吱叫？"

这时候，桥上站满了人，大约五十几个吧。刚围过来的，好奇地问发生了什么事。

"河里有响尾蛇。"一个说。

"响尾蛇！被咬到一定死。"另一个提高声音说，像是要卖弄他的知识，又说："走七步就死。全世界最毒的蛇。"

一个妇人忽然敲一下身边孩子的头，骂道："听见没有？我讲了多少次，不要到河里去捉鱼，你偏不听。给蛇咬到，死定了。"

孩子"哇"一声哭起来。

围观的人七嘴八舌地谈论着毒蛇，因意见分歧而争执起来。

"眼镜蛇最毒。"一个坚持到底。

"我说响尾蛇最毒。你敢下去吗？"另一个挑战。

"你懂什么？"

"你下去，下去我就叩头认输。"

他和老伴在人群中兴致勃勃地看着大家争论得面红耳赤。他在心里窃笑，却不说破，他觉得这样很有趣。

夜幕渐渐低垂。

人群渐渐散去。他们都带个故事回家去说。

隔天，一大早太阳就热辣辣地烫人。

蛇的故事没有结束，人们仍热烈地谈论着。故事有不少变化，下面说的只是其中的一种结尾。

一个妇人从丈夫那里听到这件事，经过桥上时频频往河里看。她早就听说响尾蛇的厉害，失去亲睹响尾蛇的机会，她觉得可惜。来到办公室，像记者挖到独家消息一样，她马上向大家报告。

她说："加冷河昨天出现响尾蛇，这样长。"她张开手臂，看看不够长，便向左边移两步，加大了长度。"尾巴翘起来，吱吱响，好可怕。"

同事都露出恐惧的表情，连声追问。看到大家听得津津有味，她有说不出的满足感。

"这么粗。"她两掌合拢，像握住一个澳洲梨，"还会泅水。人若被它咬到，走三步就没药救治，包死。"

"没有人打死它？"一个问。

"谁要去送死？都慌成一团。"妇人说，仿佛她亲眼见到了那情景。

"为什么不通知报馆？报馆最喜欢这些奇奇怪怪的新闻。"一个忽然这样建议。

大家都赞成：一来这是新鲜事，二来提醒大家要防备。于是，妇人打电话给报馆。

"什么？响尾蛇？"记者半信半疑。

妇人不厌其烦地把蛇的故事又重复一遍。

记者问："新加坡怎么有响尾蛇？北美洲才有。"

妇人愣了一下，马上以肯定的语气说："大家都看见了。"

"弄错了吧，响尾蛇怎么跑到河里去了？"

妇人生气了，说："一百对眼睛都看见了，能弄错？你才弄错了呢。我打电话给晚报。你最好不要来，笨蛋！"

无心

  阿海搓揉着皱巴巴的小腿。坐在他对面的阿顺，头发像一堆晒干的野草。两个老友都老了，午后总到祖屋楼下来纳凉，聊着聊着便聊到以前住乡下的事。

  "怎么知道是我妈？——每次都是我老婆开门。"阿顺又说起那件令他哭笑不得的事，那事结成脸上一块永恒的疤，自己看得见，别人看不见。

  那事阿海听过无数次了。他知道阿顺不管他听不听，都会说下去。

  冥冥之中，有个专以愚弄别人为乐的坏东西吧？不然事情怎么会那么凑巧，让向来口舌笨拙的阿顺编造出那句话来！阿顺发誓没坏心眼，可母亲咬定他没心肝，气极了，隔天就向左邻右舍说开去。伤了母亲的心，阿顺一直耿耿于怀。

  要怎么辩白呢？即使老天多给他一张嘴，也说不清楚。

  怪谁呢？妻子？阿海？赌博？那包炒面？阿顺觉得偏那

晚他倒霉，撞上冥冥之中那个恶作剧者。

母亲已经死了二十几年了。

那时候，静山路还没铺上柏油，路灯在晚上十二点半就停电——电力站是杂货店老板经营的，时间就是金钱。四周黑漆漆，路凹凹凸凸，阿顺骑着脚车回来，一路耍杂技似的蹦蹦跳跳。车前的小灯泡射出的光闪闪烁烁，仿佛受了惊吓。阿顺的脑子里，确实有样东西躲躲闪闪，想找个地方躲。老婆最恨他去赌博。他也知道赌博不好，可给赌友一拉，就坐了下来。赌到鸡都啼了才回家，老婆又要流着泪，唠叨一夜，一件一件说得他心里空空的，只有罪过！

"干！都是你，不肯散。"阿顺总埋怨阿海。

"干！我在你屁股上打钉子了？"阿海总这样幸灾乐祸。

这样的对话重复了无数次。

结果是，他半路上的心思都在盘算着怎样让老婆高兴，才能一夜平安无话，可脑袋空白，连句俏皮话都没影儿。

车把吊着一包炒面，荡呀荡。

"买包面回去，孝敬老婆。吃饱上床疼她，准没事。"阿海拉他凑数开台，半开玩笑地说。买夜宵给老婆吃，是心里有她，再加上两句体贴话，说不定可以小事化无，小两口再继续下半夜的乐。他的心思随着炒面荡呀荡。

到家，阿顺把脚车停放好，敲门，"咚咚咚"，轻轻的三声。

门开半扇。

阿顺心怯怯，先把炒面推过去，压低声音，说："拿进去，不要给妈知道。"

"谁要吃你们的面！"那人影骂道，"没良心的夭寿子。"

阿顺警觉今晚开门的是妈。

"你疼老婆，还敢说。"阿海听到这里，总用这话调侃他。

他不过想说句讨老婆开心的话，避过眼前的争吵，可阴差阳错，竟伤了母亲的心。

后悔已经来不及了。婆媳之间有过口角，他是不曾偏袒任何一方的。当晚的脑筋成一团糨糊，竟说了那句话，闯祸了。那句话到底是从心里的哪个洞隙钻出来的呢？

母亲的心给刺伤了，他知道，要解释，可怎么说才好呢？

"怎么知道是我妈？每次都是我老婆开门。"

母亲虽然死去，那怨怼却始终没死，时不时像虎头蜂一样往阿顺的心口蜇一下。他说起这件事时的心情是忏悔的，说不定死去的母亲能听得见……

铃声响

沛云漫步走到新生大楼。今天的最后一堂课是现代散文选。

夕阳悄悄地让你感觉到它的温柔和美丽。醉月湖默默地沉浸在夕阳里。

她抬头，有个一身白直扑下来。周围一片惊叫。

那个一身白着地的声音很痛苦。

是个女生，头流血，昏死过去了。

沛云认得她，也住女一宿舍的，青春活泼，总是燕子一般，轻飘飘一掠而过。

失恋吗？病痛折磨？功课压力？……目睹者惊魂甫定，窃窃私语。

救伤人员赶到，把她抬走，留下一摊血。

铃声响。

要上课的走进教室。刚下课的经过那摊血，一瞥，又匆匆赶到别处去。

沛云走进401教室，心里被掏空，无端生出许多乱七八糟的东西，扰得她发慌。

庄老师讲徐志摩的散文，先从他的一首诗《偶然》说起。庄老师讲书好投入，讲着讲着……沛云哭了起来。

同学和庄老师都投以探询的目光。

"我们是不是都很残忍？刚刚有个同学跳楼自杀，我们却坐在这里欣赏徐志摩……"全班鸦雀无声。大家的脑子里又出现那一摊血。

庄老师直视窗外好远的地方，好一会儿没说一句话。他叹了一口气，坐下来。他是位很有学养、很受学生敬重的老师。可是，这时他的学问派不上用场。他全身乏力地坐着，凝望自己也不知道终点的远方。

时间，为我们设计了紧凑的日程。什么时间到了，就做什么事。谁设定时间？谁有什么法子不做呢？时间操纵了大权，规定许多事要我们遵照日程表——去做。人都乖乖的，不论事情做起来是不是颠三倒四，理智和情感都颠三倒四……这样折腾下去，人还是人吗？我们都被时间愚弄了！

庄老师叹一口气，说："我讲不下去，你们也听不下去。下课吧。"

沛云回到宿舍，思潮起伏。她的过激反应，对庄老师是不公平的。她又悔又恨……铃声响。

是宇亮打来的电话。他约她八点钟在中正纪念堂见面。何必让不愉快的心情像病菌一样传染给另一个人？她去了。

宇亮见了面就说个不停。接下来的一个星期，节目排得满满的，交了报告后，看《甘地》，这部电影非看不可。要应付两个测验，得熬两个通宵，然后睡一大觉，然后到碧潭划船去，二十几个人约好了一起去，然后赴表姐的婚礼，然后……夜深了。

"今晚我们留在这里。"沛云说。

他瞪眼看她，眼眶里是两个闪烁的问号。

"今晚要和时间作对，不回去睡觉，坐在这里想东西。"她凝神说话，不像是在开玩笑。他没问她想什么，只是愣愣地看着她。

游人走光了，四周冷冷清清，苍穹广阔，只有稀稀疏疏的几颗星。沛云有一种奇妙的感觉，仿佛心里忽然开拓出一片新大地，任她自由奔驰。这时候，她其实什么也没想，却觉得充实。看他，还是傻愣愣地看着她。

疑问句

陆世初特地来等她。上两个星期日,他都在这里看见她,同一时间,她买花,都是玫瑰,都是白色。他躲在一边看,她身边有个男士陪着,陆世初不认识他。

她买花?他有些疑惑,认认真真地把它当作一个问题来研究。

他把问题告诉黄教授。黄教授和他亦师亦友,他有事没事总爱找黄教授聊天。黄教授笑起来,说:"是这样嘛,你太嫩哪。"

陆世初原本就迷失在海上,现在遇见大雾,更懊恼了。

黄教授于心不忍,拍着他的肩膀,说:"经一事,长一智。"

陆世初知道黄教授是局外人,不明白他的感受。那是残杀啊!狠,一个人狠起来,真能这样狠么?

他是爱花人。花,在他眼里是有生命的美。可鉴赏,也要怜惜。她不也是爱花人吗?

　　瞧,她来了,身边还是那个男士。

　　他们在花店停下来,买花。她选,递给男士,一、二、三、四……共十枝,都是玫瑰,清一色的白。男士低声说了一句什么,她咯咯笑起来,努嘴,目光朝陆世初这边射过来。陆世初忙转过脸去。

　　她的笑声,仍像家里阳台挂的那一串贝壳风铃,清清脆脆。陆世初再回头时,她显然是给玫瑰刺伤了,男士捏着她的指头在揉。

　　男士弯身拾起掉落的玫瑰。她发现一片花瓣脱落,一声惊叹,弯身拾起花瓣,捧在掌上,像捧着一块玉,闻一闻,又给男士闻了闻,轻声说了什么,男士笑了。

　　走了,男士搭着她的肩,她仍细心捧着那片脱落的花瓣。

　　陆世初呆了好一会儿才移动脚步。困扰他的问题不容易一下子就找到答案。

　　回到家,他愣在阳台上。三盆玫瑰,都长得很好。

　　他是爱花的人,痛定思痛之后,又养了三盆玫瑰。

　　可是,伤口隐隐作痛。

　　他给她的举动吓呆了。决定分手,是她提的。好吧,爱情是不能用道理去弥补的。她却在离去之前,挥起利剪,把他心爱的三盆玫瑰,剪碎了,尸骸遍野。

那么美丽的花，活活地长在枝上！娇娇艳艳的美丽！利剪一挥，断，落，撒成一片碎！陆世初的泪不觉又涌上来。他看见一头狮子，吼！吼！要吃人的样子。

　　他眼前的三盆玫瑰，一盆白，一盆黄，一盆红，各长出一个蕾来，不知道先开的是什么颜色。

　　她在花店里买玫瑰的动作又出现在他眼前。

废 物

周源请病假了。他是不随便请假的。

全身像不能发动的引擎，坐在书房里，他看画，却什么也没看见，眼前是荒野。他孤零零地伫立凝望，想的是：那二十货车的废物，到底是些什么？

王校长从学校运走二十货车的废物，他就病了。

一些画，他舍不得丢，前天从美术室搬回家来。其中一幅水彩，是他十三年前的作品，画的是老家静山村。另一幅油画，是杜子清的杰作，画的是新加坡河的旧风貌。杜子清是他的挚友，过世十年了。周源特别喜欢这幅画，觉得杜子清的感情都凝聚在色彩里，厚重生动。

那天，新上任的王校长看了美术室后，对他说："我要把美术室装修成电脑室。"

"这些画……"周源找不到话说。他从杜子清手里接过美术主任的接力棒后，一直在这里教学生。人死了，灵魂还得依附在牌位上才安息。一个人的精神怎么可以无所寄托呢？是谁说的"有灵魂的生命才是生命"。

可是，他没有资格去裁决人家活着的意义。人家不都活得有声有色？美术，是他心灵遨游的地方，那也仅仅是他的执着罢了。三十年了，墙上挂的、墙角摆的都是他和学生心血的结晶。学生毕业离校了，作品留下来。"留给学校做纪念。"学生得意地说。

"都这么旧了，丢了算了。"王校长毫不犹豫地说。

周源压抑着激动的情绪，脸却热辣辣的。

王校长不知道他的画就挂在墙上，还有杜子清的，继续说："挂这些东西太浪费了，这么大的一间教室。"

美术是比不上电脑重要的。周源明白这道理，不开口了。

王校长一走马上任，马上整顿校风，首要的目标就是搞好学生的成绩。十几年前，提到云中，大家都竖起拇指，说："好学校！"曾几何时，校风日下，现在名次连中等学校也挤不进去，所以王校长来了。

学校确实需要整顿一番的。王校长上任不久，便口出豪语："你知道我丢掉多少废物？二十货车！"

她的魄力和见识就在这二十货车上，而前任校长的窝囊和浅陋也就在这二十货车上！这是王校长的言外之意。

她喜欢向人提起云中的事，一提就说："你知道我丢掉多少废物？二十货车！"

她丢了些什么东西？周源不知道。可是，许多画他无法全救回来，给丢了，心里郁闷得吃不下饭。

周源回去学校上课。王校长看他颓丧不振，猜他是因美术室的事，便过去安慰他，"许多学校的美术课都是在普通教室上的。有个电脑室，让更多的学生受益，不是很好吗？"她说。

周源默默。

"我们都是为学校好。"她斩钉截铁地说，"云中收不到好学生，只好想办法把学生的成绩搞上去，成绩好了学校出名了，好学生自然就送上门来。"

周源有些不好意思。现实是现实呀，务实是我们坚定不移的哲理呀。他何必执着自己的志趣？王校长是对的——为学生的前途着想。她已找到整顿云中的根本办法。她是校长，他是美术主任，美术主任应该听校长的。

那二十货车的废物是些什么，不知道也好。周源挤个笑脸，说："是的，校长是为学生着想。"

吹泡泡

"医生，我的肚子胀得厉害。"车转运的声音破了洞似的扩散开来，"如果……我会死掉。"

医生为他量血压，把脉，看舌苔，拉眼皮看眼睛，然后比个手势，要他站起来。

车转运苦着脸，解开衬衫：哟！肚子隆得紧绷绷的，像过度充气的气球，拍拍，嘭嘭响。

"你昨晚吃了什么？"医生忽略了他的"如果……"

"昨晚？我吃了五千元。"车转运知道他肚子鼓胀和吃东西没有关系，但有机会他还是要说，"一张餐券五千元，如果我不是名人中学的校友……"车转运的脸亮起来，因兴奋而眼睛亮晶晶。为了捐助建校基金，他花五千元买了一张餐券。

医生又在他胀鼓鼓的肚皮上拍拍，按按，打趣地说："一个晚上吃五千元，你一定吃坏啦。"

"他们吃，我给气饱了。"

车转运想到昨晚的事便冒火。他到的时候几位老同学已入座，他笑盈盈地迎上去，坐下。老同学和他点头打招呼，便继续聊，好像他来没来是一个样。他虽然不是名商人，可他是名作家呀。

昨晚憋了一肚子的气，到现在终于爆发了："同桌有律师，有医生，还有什么署长局长，还有大老板，一个人一副架子，他妈的，看不起我！"医生觉得这个病人有趣，干脆靠背托腮，听他说。

"我的名字叫车转运，我爸爸取的名字。你看，每个字都有一部车子，而且一部比一部好。你看，第一部是轿车，第二部是专车，第三个'運'，上有宝盖，下能过海，皇帝老爷坐的车也不过如此。他们怎么说？运，简体字变成一朵云了。什么屁话！数笔画、看运辰，都要看繁体才算数。这些人没有学问。"

医生哈哈大笑起来。车转运看医生听得津津有味，忘了是来看病的，挥动双手，继续发表精彩的演说，末了恨恨地说："我这张嘴能说出他们脑子里想也没想过的东西。给这个肚子坑死了，不然成就更大。"

车转运接着向医生谈起他的诗、小说和散文。医生随口称赞他多才多艺。车转运忘了肚子鼓胀的事，得意地说："不然广告公司怎么肯高薪聘我过去？"

医生知道他马上就要讲到他拍摄过哪些一流的宣传广告，赶紧把话题引回来，说："其实，你的身体很好，不必担心。"

"我也知道死不掉，可如果不吹……"车转运认定命中该有此一难似的头垂下去。

"吹？吹什么？"医生怀疑他染上什么恶习，皱着眉头问。

"吹泡泡。"这秘密今天他终于鼓起勇气说出来："这毛病小时候就有。肚子胀起来好难受，就去吹泡泡，猛吹，泡泡漫天飞，香气满天飘，我越吹越爽，吹着吹着，肚子就不胀了。后来我也搞不清楚是吹了才胀，还是胀了才吹。"他红辣辣的脸像被人捆了一样。

医生不知道是不是听得愣住了，两眼睁睁，仿佛看见漫天的泡泡飞，破，又飞起。绚丽缤纷的泡泡！

"吹气球也行。胀起来就得吹，不知道肚子里有什么在作怪。"车转运想起小时候吹泡泡吹掉一块香皂，给母亲骂，打。

"我看我得找个根治的办法……"他说。

医生一直笑着听他说，开药方时却十分严肃。药抓好了给他，说："三碗水煮剩八分，吃了会泻，得先把浊气都泻掉。另外，这种药丸含在口里，一天三颗，味道很苦，舌头会麻。"医生又提醒他："不能整颗吞，要含着让它溶化，很苦，千万不能吐掉。"

车转运的两撇眉挤成一堆，硬要把药推回去——他最怕吃苦药，而且舌头麻掉了怎么说话？

看看自己的肚子，像个怀孕的女人，车转运只好收下药，付钱。临走，他怯怯地问："医生，我这毛病……能治得好吗？"

对联

我的前任校长是画家，现任校长也是画家。惺惺惜惺惺，前任校长提拔了现任校长，现任校长提升我当美术主任。如果他退休，估计也是我接他的位做校长吧。

"王家权——"

校长从老远就喊我，一定有急事。我连忙趋前，他竟也迫不及待地冲过来。

"七年前，记得吗，郑邦国到学校来挥毫？"

郑邦国是校长的同学，后来弃文从商，生意做得风生水起，最近时常见报，是名人了。他曾经也是艺坛的一个人物。那次挥毫……

"想想看，那副对联留下来没有？"

"对联？学校请过不少书法家来演讲并挥毫，什么条幅、中堂、对联、扇面，抽屉里有的是，校长您要哪副对联？"

"就是那一副，什么荣辱……哎呀，记不起来了。"

哦！记起来了，郑邦国挥毫泼墨之后我便请示校长要不要拿去裱，校长说写得不怎么样，算了。那副对联恐怕早不在了。

"我们去找，一定要把它找出来。"

校长快步来到美术室，我紧跟着。看来事关重大，如果找不到对联，我的责任可大了。五个抽屉全给拉出来，一个个都赤身裸体搜查过。没有。那副对联给虫吃光了吗？还是丢掉了？校长额头的汗急巴巴地凝住，眼珠子乌溜溜地转。我的手心冷冰冰。

"那个柜子，怎么这样脏？"

杂物、废物全丢进去，日积月累，难免乱，看起来脏兮兮的。校长忽然像获得神的启示似的，一口咬定对联就在里面。于是，杂物、废物一件件搬出来，抖落尘埃。对联果然夹在《王羲之草书十七帖》里。校长喜出望外，汗珠兴奋地滚下来，眼珠子亮堂堂。他叫我马上拿去裱。

对联裱好了，我拿到校长室去。校长把墙上前任校长的画取下，把自己的画也取下，叫我把对联挂上去。

荣辱飘逝天外轻似云彩

艺文恒留我心重如泰山

校长正襟危坐地观赏，又站起来移换角度毕恭毕敬地观赏，才满意地微微一笑。想一想，他又把自己的画挂在了侧墙。

　　"我的画挂在这里，怎么样？"前任校长的画他要我收在美术室的壁橱里。

　　"有字有画，相得益彰哪。"

　　校长乐得哈哈大笑。末了，他在我耳边细声说："我们找个名堂，请郑邦国到学校来……我有内幕消息，他会出来从政，当……"

　　最后两个字虽然声细如蚁，我的耳郭却轰轰响。我与他四目相视，会心而笑。

干

干：

　　老师给我很多任务课，明天是星期天，我不能
倍你去打保林球。

彼得

六月六日

　　一张便条才多少个字，竟也写不好。谁？彼得。又是他！
英语说得那么好，开口讲华语却结结巴巴，好像白痴一样。
蔡老师把气都出在笔尖上，笔尖圈错别字几乎刮破本子。忽
然他看见"干"字，一愣，无名火冒起三丈，嘭一声，一巴
掌打在"干"上。

　　"那天骂他两句，今天就干我。"蔡老师气急败坏，把便
条传给同事看。老师们也都觉得自己的尊严受损，一致同意
要严厉处罚这个学生。

33

彼得惶惶恐恐地来到蔡老师面前。

蔡老师沉住气，指着那个"干"字，厉声问："这个字怎么念？"

"gan！（念去声）"

"不是 gan（念平声）吗？我就知道你不怀好意。你这个朋友住在哪里？"

摇头。

"我就知道没有人的名字叫干，你是故意写这个字的。"

摇头。

"说！什么意思？"

摇头，一脸惊惶，两个眼珠子瞪得圆鼓鼓的。

"不说？好，站在这里面壁思过，直到你说实话为止。"

彼得不知道面壁思过是什么意思，他发觉其他老师时不时拿眼睛"骂"他，更加局促不安。他想问蔡老师，要他做什么，可连结结巴巴的华语都不敢说了。

放学的时候，蔡老师对他说："给你一个机会，明天一早来向我认错。不然，我把便条放大，贴在教室里让大家看，还要你去见副校长。"

彼得知道表哥的华语水平很好，马上到他家去求助。表哥看了便条哈哈大笑，说："你好大胆，敢骂老师！干，就是 fuck。你读中四了，连 fuck 也不懂？"彼得的口张得可以塞进一个西瓜。这下子可闯祸了，怎么办？向蔡老师解释，他不懂 fuck 的意思？谁相信？他开始追女朋友了嘞。向蔡老师认错？天啊！写那个字，只因为它只有三画，容易记，容易写。他不晓得"干"原来还有 fuck 的意思。

隔天彼得硬着头皮，对蔡老师说那个朋友叫干，因为他懂得的华语不多，没有骂人的意思。蔡老师不信，叫他去见副校长。

彼得用英语向副校长解释，每说一句都强调"我真的……"副校长沉默了一会儿，对彼得说："你把你懂得的骂人的话用华语写下来，要老实。"

彼得拿出一张纸，想了一会儿，写下一个"鸟"。

副校长知道他要写的是"鸟"，却不露声色。

彼得又写下"干"，对副校长说："这是我刚学会的。"

他的左耳环是个谜

1985 年，我到一所著名的中学教华语。第一天，我就碰上一个奇人。

那天，我来到学校，看见一个彪形大汉站在办公室门口，头几乎顶着门楣，整栋房子靠他支撑着似的，偏又剪个"榴槤头"。我向他颔首微笑，问道："请问校长室在哪里？"

他睁大眼睛看我一下，说："What can I help you？"

我马上改用英语问他。他举手一指，说明方向，声如洪钟。

校长领着我去见主任，原来就是他，那个彪形大汉。我和他握手时，他脸上没有笑容。我发觉他左耳戴个金圈耳环，不禁一愣，目光直直地穿过他的耳环，觉得不好意思，可又耐不住朝他左耳瞧去，千真万确，是个金圈耳环。过后，我和他碰面，总是先看到他的耳环，金黄的小小的圈圈，圈住些什么秘密呢？

数月过去，我和同事渐渐熟络了。一天，聊起来，聊到主任的耳环。杨君说："他自己说的，那个金耳环救了他的命。他三岁时生了场大病，神说要把他当女儿养，才会平安。他妈就给他穿孔戴耳环，还穿了一年的裙子，果然从此无灾无难到公卿，还当了主任。"

这样的故事我也听说过，不过，和他太不相称了。耳环怎么就戴了一辈子？

校长十分器重他，大小事务凡交给他处理，没有办不好的。就说上个月校庆典礼吧，部长亲临观礼，是件大事。我看他在操场上指挥千来个学生，节目一个接一个，绝无错失，心里不禁暗暗佩服。他在这所学校服务三十年了，算起来，是在独立前就执教鞭了。校长换了三个，他是唯一的元老，难怪全校上下对他都毕恭毕敬。

来年，学校的中文学会筹备迎春文娱表演，我是负责老师。这年头，莘莘学子只知道过年要讨红包，端午要吃粽子，八月中秋要买月饼。我想寓教于乐，搞个谐剧，加插一些新年的习俗，把传统节日搞活。学会的同学兴致勃勃，两天就把内容想好了，既诙谐又有教育意义。他们打算请主任也上台表演，演爷爷。学生是出自一番热诚和敬意的，也希望主任荣休前留下不平凡的记忆。我有些犹豫，他连一句华语也不会说，自己的姓名也不会写，怎么表演？搞不好会变成丑角，闹出笑话，怎么办？

想不到他一口答应了。他就是这样：凡是学校的事，他都尽力而为。演出当天，我当舞台监督，节目一个个进行得很顺利。轮到他出场了。他的扮相实在不赖，我暗暗叫好。台下的师生看到演爷爷的竟是主任，都哗然，立刻又鸦雀无声——他的威严到了戏里还能发挥力量呢。

三个演孙儿的学生蹦蹦跳跳上前向他拜年。他乐呵呵，说："怪怪（乖乖），跟爷爷拜年，妹油玩记（没有忘记）带鸡子（橘子）。害子（孩子），爷爷给红饱（红包）。"我在幕后直冒冷汗。奇怪的是台下没有笑声，而他也不坍台，接下来的台词都记得住，虽然在节骨眼上发错声调，声音四四方方，像在抛砖块，但他一脸严肃，将表演进行到底。我把一颗心捏在掌心，看下去。

终于演完了，台下掌声不绝。

过后，我向他道谢。他说："我年轻时就想当明星，没机会了……"

我的目光又直直地穿过他的金圈耳环……

砸

　　我被囚禁在储藏室里已十几年了。储藏室十分局促，空气又不流通，新主人大概暗地里祈祷我一声不响地死去。

　　谁也没料到我的处境会如此悲惨。

　　老主人在世时，我高高在上，谁都要沾我的光。逢年过节，老主人必吩咐用人替我沐浴，然后盛装。到底是我因老主人而得意，还是老主人因我而自豪，也不清楚了，反正我喜欢那种张灯结彩、喜气洋洋的日子。老主人啊！我宁愿给您陪葬，也不想这么窝囊地活着。

　　自老主人归西，我的境遇就一年不如一年了。新主人——老主人的孙子，根本就没有把我放在眼里。后来，新主人决定搬进高级公寓。搬迁当天，当新主人把我抱上货车时，女主人嚷道："留在这里算了，谁要就给他。"

　　她的话把我的心砸了一下，痛得直叫。这时，我蓦地看见老主人的魂魄回来了，就站在门外。他看着我，一言不发，只是掉泪。"老主人啊，我对不起您！"我喊道。老主人默默无语，只是掉泪。

新主人不知怎么，没有把我遗弃。不过，我的日子更难挨了——我被囚禁在储藏室里。我捶胸、顿足、号啕大哭。新主人视若无睹，充耳不闻。我的泪哭干了，心喊累了。老主人的魂又回来了，我清清楚楚地看见他站在我面前，还抚摩我的头，我的脸颊，我的手，我们相对流泪。老主人无能为力了，他日渐消瘦，不久，就不见他再回来。当年老主人擅长经商，也热心公益，尤其是对教育，他更是慷慨解囊。有一次，一位姓蓝的校长来拜访，说校舍不够用了，得扩建，请老主人捐助。老主人知道这位蓝校长，久闻他办学认真，还是个书法家，便一口答应了。蓝校长十分感动，为了答谢，亲自把我送给老主人。老主人一看，连声说："好，诗礼传家，好！"

"好，诗礼传家，好！"有一天，新主人把我从储藏室里抱出来，竟然重复着三十年前老主人的话。我吃了一惊，以为自己悲伤过度以致神志不清。

"大小正好哩。"女主人把我上下瞄了一会儿，乐滋滋地说。每一个字我都听得见，我的听觉没有失灵。

怎么回事？不多久，我便看出来了，新主人近年经常到内地去做生意，捞得风生水起，还准备回乡探亲呢。他是聪明人，知道什么时候要标榜什么。

那天，新主人家里有位来自远方的客人。客人一眼看见我，赞道："好字！意思也好。不学诗，无以言；不学礼，无以立。"

　　"是是是。这匾是传家之宝。"新主人接下去说，"没有诗，没有礼，我们可就麻烦了。"他的话又把我的心砸了一下，泪夺眶而出。

坐船到婆婆家

昨晚下大雨，一直下到天快亮的时候才停止。

晓民和晓康吃了早餐，要开始玩游戏啦。今天玩一个新鲜的游戏。晓民站在凳子上，望着窗外，对晓康说："我折纸船给你。"

"不，我要青蛙，呱呱呱。"

"我们坐船到婆婆家去。"

晓康兴奋起来了。晓康最喜欢听婆婆讲仙女的故事。那些仙女一个比一个美丽，而且听婆婆讲，那些仙女都不愿意回去天上啰！她爬到凳子上，也向窗外望。屋檐下有流水，急急地流，像一条小溪。一下大雨屋檐下就变成小溪。他们知道水会流到离家不远的河里去，河水会流到婆婆的家。

晓民折了只小船给晓康。晓康轻轻往窗外一放，小船像晓康坐滑板一样，呼一声，就下去了。

晓康拍手直叫："哥哥，船不见了！船不见了！"晓民又折了只大船，对晓康说："我们坐大船去。"

"好，我坐这儿。"晓康指着船头说，"哥哥，你会划船吗？"

"会。你坐好。"

晓康乖乖地坐在凳子上，手牢牢地抓住板凳两侧，船就要开走。

晓民一脚跨上凳子，算是上了船，右手拿扫把——那是桨。

"哥哥，忘了带鸡蛋，"晓康忽然说，"妈妈每次都带鸡蛋。"

晓民下船，拿块布，包了十个"鸡蛋"——玻璃弹子今天变成了鸡蛋，上船。

晓民把纸船往窗外一飘，纸船飘呀飘，飘到流水上。他对晓康说，"船走了。"于是，他们在凳子上东摇西摆齐声唱：摇呀摇，摇到外婆桥……

"到了。"晓民说。他把桨靠在船边，先下船，然后牵着晓康的手，让她下船。两人牵着手，走进屋子里。

"婆婆。"他们齐声叫，好像婆婆就站在他们面前。

"晓康乖，婆婆给你糖吃。"晓民转身就扮演起婆婆来了。

"谢谢婆婆。"晓康觉得哥哥忘了什么，忙说，"哥哥，你没有吗？婆婆也给你糖吃的。"

晓民说："我有。"他又学婆婆的样子对晓康说，"婆婆煮面给你吃，要一个蛋还是两个蛋？"说着就去拿玻璃弹子。

"哥哥一个蛋，我也一个蛋。"晓康说。

晓民忙着煮面。晓康帮他拿勺子，拿碗筷。煮好了，晓民喊一声：吃面啦。两人便坐下窸窸窣窣吃起来。

"哥哥，婆婆去了哪里？"晓康觉得吃面的时候，婆婆应该在场。

"妈妈说，婆婆到天上去了。"

"天上有仙女，好多仙女。"

"回家吧，雨停了。"

"先拜拜，妈妈说的，拜了婆婆才回家。"

他们手拉手，一起下跪，当胸合掌拜拜。

然后，他们坐在凳子上，身体东摇西摆，轻声唱：摇呀摇，摇到外婆桥……

十字路口

凑巧那天我无所事事，在家里愣了半天，竟有些呆了，觉得还是出去溜达溜达好，就四处走走，最后来到十字路口。

在转左的侧道，有个衣着光鲜的汉子吸引了我。他站在斑马线上，车辆停住，让他过去。他却举手示意司机可以开车走。

他仍站在斑马线上。接踵而来的车子又乖乖地停住。他又举手示意司机可以开车走，嘴角藏有一丝得意的笑。

忽然，他跨出一步，做过马路状。车子接二连三刹住，车笛第一声是惊愕，接着就愤怒地响成一片。那中年汉子退回一步，举手示意司机可以开车走，然后放声大笑。

他走了，眼里闪烁着快乐的光芒；他光鲜的衣着使得眼里的光芒更加快乐。

他拐弯，直走，又拐弯，直走。凑巧我和他走同一条路。来到另一个十字路口，在转右的侧道的斑马线上，他又重施故伎，大笑，这一次禁不住手舞足蹈。

不料警察来了。警察应该是接到举报才来的，一来就要把他带走。

他边挣扎边叫喊，喊叫出来的话可完全符合语法：我在指挥车子！我在指挥车子！

回家后我还一直在想那个中年汉子，以至错过了八点的新闻报道。只好把他抛开，静下心来看书，看一本毫无趣味又不得不看的书：《人的一半不是人》。凑巧我看到最后一章：权力结构与人性。

点歌

他俩躺在床上听歌。

你侬我侬，忒煞情多，情多处热如火；沧海可枯，坚石可烂，此爱此情永不变……

爱情频道正播邓丽君的歌，他俩甜蜜蜜地听，跟着邓丽君唱：

用一块泥，捻一个你，留下笑容，使我长忆。

他更提高嗓子，盖过她的：

再用一块，塑一个我，常陪君旁，永伴君侧。

之后是蔡琴的歌《读你》。她喜欢她带磁性的声音的魅力，便专注地听。

他想，是谁发明广播的？真是个了不起的天才。他认真地思考着什么。

忽然，他对身边的女人说："我点首歌给老婆听。"

她咯咯咯笑得很开心，把手机拿给他，说："加班没有忘记老婆，难得。"

"她会很感动。"

"她在听歌吗？你别白费心机。"

"她每晚都守着爱情频道——睡不着。"

"喂，这里是爱情频道。您好，怎么称呼您？"

"我姓黄。"

"黄先生，点什么歌？"

"《月亮代表我的心》。"

"点给心上人吗？"

"是的，我太太。"

"哦，好感动哟！为什么点七十年代的老歌？"

"老歌有味道。我太太喜欢听老歌。"

"对。这是经得起时间考验的歌。黄太太，听到了没有？黄先生点歌给您哪。"

"我太太听得出我的声音。再见。"

你问我爱你有多深？我爱你有几分？我的情也
真，我的爱也真，月亮代表我的心……

　　陈芬兰轻轻柔柔地唱，在天空。他放下手机，对她说：
"广播这东西真好玩。"

　　她没听懂他的话，一个劲儿地嗲声嗲气撒娇——对老婆
说话也这么甜吗？嗄，也这么甜吗？他只是笑，扮个鬼脸逗
她开心。

　　她竟心血来潮，也要点歌，便拿起手机按号码。

　　"你点给谁？"他问。

　　"李德生，高中追我追到留级的一个可怜虫。"

　　"喂，这是爱情频道，想点什么歌？"

　　"《等你等到我心痛》。"

　　……

　　……

　　巫启贤的歌声在空中传播，忠实的爱情频道的听众都听
见了。

　　"如果那个李德生听到了，他会怎样？"

　　"世界上只有他一个叫李德生？"

　　"他以为你忘不了旧情。"

　　"广播嘛。你说的，好玩。"

　　"到底有没有这个人？"

咯咯咯，她笑得好开心："那你以为我点给谁？"

"谁？"

"不告诉你。咯咯……"

相片的故事

  他们飞到澳洲去度蜜月,从布里斯本南下,一直玩到墨尔本。男的二十七岁,女的比他小三岁,青春加上爱情,把他俩的世界紧紧地包围起来,门上挂起牌子:请勿干扰。

  这一天,他们踩着轻松的脚步,手拉手,来到维多利亚市场来看热闹。这里是摆地摊的,货品琳琅满目,价钱便宜。人来人往,让人流连忘返。有孤零零在一角耍杂技的,有三五成群在唱歌跳舞的,那边两支乐队各据一方在兴奋地吹吹打打。

  他们在一个花摊前驻足。绿的玉一般翠,红的火一般艳,五颜六色,真是美丽的一个摊子。

  他忽然发现了什么,招手叫她过来,指给她看。哟!是一棵芒刺毕露的仙人掌,这不稀奇,可摊主异想天开,在盆里加个顶天立地的西部牛仔,仙人掌不偏不倚地变成那活儿,雄赳赳显威风。

她哧哧地笑，一边捶打他，一边轻声对他说："老外就爱开这种玩笑。"

他在她耳边说了些什么，她捏着他臂上的肉，又哧哧地笑，抬头看见摊主正暧昧地瞧着他们。她不好意思再看，便自个儿走开了。

他拿起相机，咔嚓，把"艳遇"拍下。他对摊主露齿而笑，指着那盆仙人掌说："你的创作？有意思。"

摊主大约六十开外，嘴上含着笑意，淡淡地说："那是生活。人好像花，你看那些仙人掌开花开得多灿烂。生活灿烂，才快乐。是不是，年轻人？"

相片洗了出来，他们坐在客厅的沙发上观赏旅途的留影。

每个笑容都展示着青春和爱情。他们看到墨尔本，看到维多利亚市场，看到那棵仙人掌，两人禁不住又呵呵哈哈笑个不停。他把她拥进怀里，她捶他的腿。

许多年以后，她请死党到家里来喝下午茶，聊天。她们到的时候，他正好要出去，是为避开她们的唠唠叨叨而溜出去瞎逛。他午睡刚醒，看起来还很累。两撮密密的鼻毛像两条毛毛虫从鼻孔里钻出来，肆无忌惮地招引着客人的目光。她们似乎都吓了一跳，躲开毛毛虫，嘴上寒暄两句。他客气地答应着，懒懒地走了。

她们天南地北地聊，聊到旅行，聊到澳洲，她竟忆起那次蜜月旅行。

于是看相片。厚厚的相簿一页一页地翻，一张一张地品头论足——当年他们在相片里实在是无可挑剔的一对呀！

"哇！金童玉女，这一张最好看，你老公的头发乱了，但乱有乱的帅。"

"你们很会摆姿势，看这一张，好像明星。"

喋喋不休。当她们看到那张仙人掌的照片，同时惊叫，一脸骇然。

"你要死啊！把这种相片放在里面，给女儿看到多尴尬？"

"你女儿中四毕业啦！"

她有些腼腆，把那张抽出来，说："我忘了有那张相片。"

他回来的时候，她们已经离开了。她正洗杯子。

他看见梳妆台上有张相片，拿起来瞄一眼，撕了，揉成一团，丢进纸篓里。

她进房里来，边扫地边问："那张相片还要吗？"

"哪张？"

"梳妆台上那张。"

"你要？"

半个橘子

　　倚着窗台，眼神呆滞，五脏六腑空掉了，只剩下躯壳站在那儿等。等什么？越等越失望，越难过——今天是周末，他还不回来。

　　路灯亮了。灯光下，几片枯叶飘落。

　　现代人的情感，太轻，像枯叶，给风一吹就掉了。

　　"种红毛丹好，"搬家那天他说，"接枝的红毛丹不用两年就开花结果——早生贵子。"说着拦腰抱起她转圈圈，两人笑得连笼子里的鸟也叫起来。

　　好一段日子，他俩坐在树下赏月，聊天，星星也陪伴着他们。

　　她的目光滞留在红毛丹树上。树长高了，才两年，就长这么高，而且枝叶茂盛，开满小花。这树太贱……

　　才两年。现代人的情感，太轻……

　　他回来了。她没有转移视线，只听到关引擎、关车门、开门关门的声音。

他走进大厅。半个橘子还在那里！橘子皮干干皱皱，有些斑点，恐怕是霉菌。他很生气，如果一把抓到她的头发，就往墙上撞去，肯定能把头撞出血来。咚咚咚，他快步跑上楼来。他并没有发作，只是沉着脸。

那天，他们在大厅里边说话边吃橘子。

"你们公司有那么多应酬吗？别想骗我。"声音硬硬的。

"是！我就喜欢编故事骗来骗去。"冷冷的话比刀刃还利。

谈不上两句就吵起来。结果是她回房哭，他开车走，半个吃剩的橘子留在桌上，谁也不理。

半个橘子变成一场冷战，空气里都是火药味。

咚咚咚，她听到他走进房里。她不回头看他，却清清楚楚地"看见"他的动作：砰——关门，洗澡；砰——开抽屉，刮胡子，梳头发；砰——开橱，换衣穿裤。砰砰砰，他的每个动作都在她心里发出愤怒的声音。一声声是一颗颗子弹，都射向她的胸膛。

"咚咚咚"，他跑下楼去。她知道他没有看她一眼，没有。

她忽然像疯妇一样奔下楼来，停在门口，吼道："王国才，你……你不要回来！"她回头想抓点儿什么，正好看见那半个橘子，一手抓起，向王国才掷过去。

橘子没有打中他。他一声不响，钻进车里，开动引擎，急速后退。"砰！"后车灯撞到铁门，碎了。他用力踩油门，飞走了。半个橘子给轮子碾过去，橘子的尸骸没有一点儿血迹。

她歇斯底里地冲出来，一边嚷："你永远不要回来！"她狠狠地把铁门上锁，冲回屋里，把大门、后门、窗子上锁，冲上楼去，把所有的房间、窗子上锁，伏在床上，放声哭起来。

床边那扇长方形的窗，正好框着半个月亮，橘黄色，有些暗影，仿佛那半个橘子。她的哭声，悠悠荡荡地传到框子里的半个月亮上。

晚霞

一、黄金雨树下

他坐在黄金雨树下的石凳上，等她。

她来了，人未到，飞眼先到。他觉得她的眼睛最美，双眼皮下的一对凤眼，似乎会发电，眨一下亮一下，照得脸上发光。

他对她说：我是树，你是树上的花。

她看了看枝上垂下的一串串花，食指点在他鼻梁上，嗲声嗲气地说：只准开黄花。

他说：当然。

她高兴得手舞足蹈，像获得心爱奖品的女孩。

二、相思树下

他倚靠在相思树横伸开去的枝干上，等她。

她来了，带着微笑。他觉得她的嘴形很有性格，唇不厚，笑起来唇角勾住一丝情意。

他对她说：我是树，你是树上掉下来的豆豆。

他捡起红艳艳的豆，放在她的掌上，又说：此物最相思。

她捧在手心玩，心里都是蜜。她怯怯地说：我把它穿起来，送给你。

他说好，于是又捡。她也捡。两人像捡珍珠似的，互相欣赏捡到的红豆。她凑近他的耳朵讲话，甜甜的话，然后轻轻地笑。

三、青龙木下

他站在青龙木树荫下，等她。

她来了，像一阵风。他觉得她的一头秀发仿佛瀑布一泻千里，凉意扑面，温馨舒畅。

他对她说：我是树，你是树上的绿叶。

白花花的阳光被茂密的枝叶挡住了，她全身清清爽爽。有树，有绿叶，才有这片荫凉。她十分喜欢他的比喻。

她忽然撒起娇来，咬着他的耳朵说：我要爬到树上去。他说：好，像猴子一样在树上荡秋千，玩耍。

两人都笑，她边笑边敲他的腿。

四、榄仁树下

他徘徊在榄仁树下，等她。

她没来。

夕阳西下。

晚霞真美，忽而三五仙女翩翩而来，散花起舞；忽而千军万马奔腾而去，摇旗呐喊；忽而狼呀狗呀牛羊呀跳来蹦去……景象变化太快太离奇了。

晚霞消失了。她会来吗？

闪

　　晚餐做好了，女儿不肯吃。女儿的小指头在键盘上熟练地移动着，电脑里的小动物"咚咚"地向上下左右跳跃，完全受她控制。

　　他捧了一盘饭坐在电视机前吃，经过女儿身边时惯性地骂她一句："肚子里生虫了是不是？不吃。"

　　女儿头也不回地应道："等一下吃汉堡。"

　　他仿佛没有听见女儿说什么，一边咀嚼嘴里的肉，一边盯住电视。荧光屏上警察正在闹市追击抢匪，险象环生。类似的镜头在类似的影片里虽一再重复，但仍把他深深地吸引住了。

　　她自己一个人在饭桌吃，背向电视。菜是她做的，不好吃，所以女儿不吃。鱼冰冻了十几天，只好炸了加辣椒酱下水煮，酸辣正好刺激胃口。菜已发黄，只有老黄瓜汤爽口，主要是可以清肺解热。她一口一口啜，耳边是咚咚声、枪击声和车轮急速转弯的尖叫声。

门铃响，大概是推销员。他没有去应门，她也懒得起身。铃声停了没再响。

电话响。他接："你的电话。"他眼睛不离电视，提高声音喊。

是她妈妈打来的。她妈妈要到内地乡下去省亲，问她有没有旧衣服可以带去送给亲友。她说有，结婚才七年，好像有半辈子旧东西要丢弃似的。她迅速地吞食了晚餐，清洗后就去收拾衣服。衣柜里挂得密密挤挤，她只挑她的衣服。他穿上十年前的衣服一样赴宴会，也不觉得色泽褪了，除非有人挖苦他。她忽然觉得自己有种反常的心理：刚买的衣服穿了两次，再穿便觉得累，累的感觉无缘由袭来……她恨不得把衣柜里的衣服全送走，甚至换一个新的衣柜。

电话响。电视里又是警匪追逐的紧张镜头，这回是在半山腰，山路的一边是悬崖，一边是峭壁。一辆警车翻落山崖，爆炸了，后一辆仍穷追不舍。电话铃声紧张地催促着，他没接。电话应该是找她的，他想。她坐在床边慢条斯理地把衣服丢进行李箱里，任由电话去响。铃声继续响，变成两人之间的一种僵持。铃声终于断了。

"爸爸，带我去吃汉堡，我饿了。"女儿关掉电脑，到他面前撒娇。他刚才其实也没吃饱——菜不合胃口，而且今晚的电视好戏连场，一直演到凌晨三点，他需要吃夜宵。他却佯装不悦地对女儿说："你肚子里的虫只喜欢吃汉堡。"半小时后，他买了汉堡回来，一进门就扭开电视，正好一声爆炸，熊熊的火焰冲上半个天空，接着是枪击声。她在房里听到他对女儿说："吃饱了还不去睡觉。"

　　她叫女儿进房来，她近来习惯于陪女儿睡觉。关灯上床，她不忘把门闩上。

洁癖

接近她的人都知道她有洁癖。和她一起吃饭，如果同桌有人剔牙，她脸色即刻苍白得像快要晕过去，无法再举箸。

她的办公桌，每天一早用清洁剂抹，下班临走再抹一次——她不愿留下汗渍尘埃隔一夜。不然，她心里便像有一堆蛆老在蠕动。

上公厕是她最大的烦恼。由于多次不愉快的经验，她气愤地扬言：我们公厕的卫生情况反映了国民的素质赶不上国家的进步……

她喜欢在周末清晨早起，步行到附近山顶呼吸第一口新鲜空气；她喜欢在海边树荫下看书；她喜欢在午夜月光流入卧室时听古典音乐……她也喜欢在食物中心一面用午餐，一面看喧闹杂乱的众生相；在假日携带几份食物和三两老友到郊外野餐，然后躺在狼藉的草地上看树姿落叶……不过，更多时候她喜欢独来独往。

像她这样一个女子，愤怒时竟然也用"脏话"骂人。"狗娘的屁""鸟人"从她的口中出来，利落得仿佛飞鞘而出的利剑，一闪而至，令人受了惊吓之后反而欣赏起她来，觉得她好有个性。

　　和她交往的朋友都颇容忍和谅解她的癖，而且真心接受她。她有一句话，在朋友之间津津乐道：如果你习惯于脏，不该脏的也就脏了。话虽然传开了，却没有人真正了解她的话。

　　他自认懂得。因仰慕她标致、素净的仪表和大方脱俗的举止，他苦苦地追求她。

　　终于，她动心了，赴约。那天她出现在他眼前，他首先看见的是自己的眼眸发亮，只一亮，他整个心也就亮了。夜里一梦醒来，他的心仍亮着。

　　于是，她和他好起来。

　　他努力学习，历史、家务、插花、下棋、电影、跳舞……他知道若和她聊，聊着聊着便会聊到这些。

　　他们谈到一块儿了，窃窃私语了……爱，他比之为火山口，在冒烟。

　　后来，有一次，两人静静地躺着，听窗外鸟鸣，又似乎借着鸟鸣让爱的余韵继续在心里温馨地萦绕。

　　他兴之所至，翻过身子来把脚搁在枕头上。她咯咯地笑起来。赫然，她发现他右脚拇指藏积的污垢竖成一只蠢蠢欲动的苍蝇。她立刻别过脸去，起身，躲在浴室里，水声哗啦哗啦响。

　　她在浴室里一小时才出来，出来时衣着整齐。他睡着了。她悄悄地离开，从此，没有再回到他身边。

怪风起兮

办公室外面偶尔有一两片枯叶飘落，四周静得听不见一点儿噪声。忽然，刮起一阵风，呼呼响。落叶、废纸扑扑飞动。一只野狗受了惊吓，急忙躲到屋檐下。

金迎耀蹲下拾文件时，看到老谢的桌子底下有一张五十元的钞票。他犹豫了一下，才拾起，捏在掌心，然后藏进裤袋里。

他以为神不知鬼不觉，不料小刘看得一清二楚，一把火马上从她的心里烧到脸上，火辣辣的。

下班后，小刘追上老谢，问："你掉了钱是不是？五十。"

老谢赶紧打开皮包："没有啊。"

"在办公室里拾到钱，偷偷摸摸藏进自己的裤袋。哼！钱说不定是我掉的。"小刘愤愤不平。

"你说谁？"

"金迎耀。"

金迎耀在回家的路上，心里想着平白多了五十元钱，脚上觉得轻快了些。

　　忽然刮起一阵风，风力猛得很，仿佛十几个人一起使力推过来，跨出去的步伐给硬生生地往后推回去。金迎耀觉得风刮得有些邪门，像有什么东西在风里潜行一样，却又什么也没看见，便加快了脚步。雨紧接着就下了起来。

　　回到家，他全身已湿透，连续打了几个喷嚏，埋怨道："不知道什么妖怪吹的一阵怪风，把雨吹来了，倒霉！"

　　"听说这雨带酸性，会伤人的皮肤，你还不去洗澡？"妻说。

　　"有咸味，雨水有咸味，怪！"隔天，金迎耀病倒了，请了两天假。

　　第三天，金迎耀上班时遇到同事龙大哥。龙大哥笑眯眯地说："迎耀，听说你捡到一笔钱……我天天在路上找钱，怎么就捡不到一个银角？哈哈哈……"

　　金迎耀默默。龙大哥又说："别装蒜！你知道失主是老谢。不还他，这有什么错？钱是你捡到的……我才不跟他们一般见识。多少？告诉我，我绝对守秘密。"

　　金迎耀实在不好争辩，就走开了。

　　金迎耀觉得同事的眼角都有锋芒，时不时朝他刺一下，他浑身不舒服。

　　喝茶的时候，小刘从皮包里拿出十块钱，当众宣布："我在办公室捡到十块钱，没有失主，就是大家的。大家有口福了，我去买点心。"

办公室里响起了七嘴八舌的叫好声。金迎耀勉强挤个笑脸。

回家的路上，他的脚步迟疑而笨重，心里有了这讨厌的五十元钱，想把它掏出来扔掉，可已经迟了。

风又刮起来，劈头盖脸一个劲儿猛刮。他听见风里有声音，谁在窃窃私语，谁？他吃了一惊，凝神一听，却听到自己的心在跳。

雨哗啦啦倾盆而下，他冒雨而行。

踏入家门，他还没来得及嘘气，妻就紧张兮兮地过来，问："你私吞一笔公款，是真的吗？"

他狠狠地瞪了妻一眼，大吼："都给外面那阵风卷走了，连我都给卷走了。"

这样又过一天

他下班后在勿洛地铁站等她一起用晚餐。这是新婚之约，逐渐变成一种习惯。他从地铁站出来，茫然地站了约十五分钟，疲惫的身心没了劲儿，只是站着，脑袋一片空白，任凭人来人往和他擦肩而过。发现相识的，他即刻别过脸去看街。

看她从地铁站出来，他便开始移步。她在后面快步跟上来。通常他会一声不响地走到巴士终点站的食物中心，实在吃腻了，才停下脚步，问："去哪里吃？"

她也累，只想填饱肚子回家去，任由他带到哪里去。他犹豫了一下，往往又回到巴士终点站食物中心。在那里吃饱了回家方便。

三年一千多个日子，他们都是这样用了晚餐回去。

食物中心人很多，像他们这样用了晚餐才回家去的人越来越多，食物的品质反而一直下降。无论到哪个食物中心去，所卖的食物都一样，味道也一样，好像有很多选择，其实没有选择。小贩知道现代人是困在笼中的鸟，等待"饲物"，只要填饱肚子就好。

他要了一盘鸡饭，她叫了一碗福建虾面。桌面上像个垃圾堆，仿佛野猫野狗刚在剩菜残羹里翻找过食物一样。这是餐桌啊！怎么抹了嘴或擤了鼻涕的纸巾也往上面丢？

人潮仍涌来。找不到座位的，就站在快吃完的一桌旁边等，占位。没有耐性的甚至虎视眈眈，意思是：还不快点吃？他们已经习惯这种场面，不管，慢条斯理地吃。她有个习惯，边吃边把办公室里的牢骚一样一样抖出来。

他不喜欢听，觉得老拿这些牢骚下饭，无味的食物更难以下咽。实在听不下去了，他便截住她的话头，没好气儿地说："吃饭吧，越说越烦。"

她心里的气一下子给点燃了，竟转而把气撒在他身上："不说？闷在心里？你就想让我闷死。"

他默默地夹起鸡肉，连同委屈一起吞下。难道他没有满腹牢骚？不提也罢。看她生气而埋头吃，他很过意不去，但又不愿把牢骚抖出来与她共鸣。

他们默默地走回家。

他看电视。她打电话给儿子的保姆。

他们有个两岁的儿子，给保姆带，周末才回来。儿子在电话里叫妈妈、妈妈。她问"源源乖不乖"，又回过头来对他喊："喂，源源叫爸爸。"

他"嗯"了一声。

她老觉得亏欠儿子什么，每晚都打个电话给儿子。她下班回家偶尔会撑住疲惫的身体去看儿子一下。有时候他去，有时候他会说累，不去了。

电视是他唯一的消遣，看连续剧让他觉得一天有所期待。没有电视，日子真的只剩疲劳。

他看完电视，她睡着了。他想和她说话，推她一下，她没有反应，又推她一下，她翻了个身。他觉得无趣，也就躺下来，闭着眼，想到明天的工作，Deadline①就到了。

---

① Deadline：最后期限。

轨外情

他照旧把车停在隔三座组屋之外的停车场，然后打手机给她，告诉她可以下来了。他没有缩短等她的距离，是想到自己妻子才逝世半年，而且他是校长，她又曾经是他的下属。他必须谨慎行事以免闲话飞短流长，成为人家茶余饭后的话柄。

她第一天走进他的办公室时，虽然已过不惑之年，教书也教了二十几年了，但还是那么腼腆，局促不安，步子没跨进办公室就喊"Good morning, Mr. Chen"。他笑笑对她说，他不姓陈，姓张。她一时窘得结结巴巴，说她的前校长姓陈，她叫惯了。

她总是姗姗来迟，让他等二十几分钟是常有的事，但他从不急躁。等，往往令人心烦，但他已经过了容易心烦的年龄，有时候反而觉得等是一种缓冲，一种邂逅，甚至是一种转机。

他问她喜欢负责什么课外活动，她怯怯地说她不喜欢球类运动。他请她负责合唱团，她紧张兮兮地说她不会声乐。他说学校会请声乐老师来指导学生，她才怯怯地答应了。他发现她过于认真求全以致神经紧张缺乏自信。她眉眼之间忧心忡忡的涟漪却使她看起来楚楚可怜，增加了三分女人的韵味。他没有料到她眉眼之间的荡漾竟和自己的眼神汇成一条溪，三年来沿着心坎的脉络默默地细水长流。

妻子从医生诊断得了肝癌到去世不到五个月。他真正体会到了生命的脆弱与肝癌的可怕。妻子病发在医院留医期间，他天天抽空陪伴她，是觉得彼此相处的时间不多，想尽力弥补点儿什么。他内心深处有一种无以告解难以倾诉的无奈与苦衷，只有这样的陪伴能尽些心意了。

"别的还有希望，肝，恐怕是凶多吉少。"医生给妻化疗之后这样告诉他。妻的身体十分衰弱，精神也萎靡不振，心情像淋上冰水的炭灰一样死寂。

"你不要胡思乱想，事情总有好的一面，坏的一面，要多往好的一面去想。"他不敢告诉她实情，医生说她的病发现得迟了，恐怕挨不过三个月。

病人自己心里有底，幽幽地说："翠心还没有成家，这个病不可能等三年两载。"

那天他先去医院看妻，才到学校上班。她问起妻的病情，说朋友告诉她，中国有一位专治癌症的著名中医，目前正好在新加坡，要不要给他看看。他知道妻一向不吃中药，一吃就连肠胃也硬要吐出来，也就没有向她提起。下班后他又赶到医院，为了使她心情放松，他故意岔开话题，说："翠心刚才打电话来，说她得把报告赶完才能过来。"

"还没吃晚饭吧？"

"女儿都这么大了，你还操心。"

"她老叫我等。"

"你千万别在这个时候向她提婚事，不然，她会觉得对不起你。"

她深深地叹了口气。他们都疼爱女儿，可是现在越来越难了解子女的心，也越来越难令子女了解父母的心了。

他安慰妻："伟鹏这孩子，你有什么好担心的？"

"他就是条件太好，我反而替翠心担心。"

刚回想到这里，百米之外，他看到她来了。今天她穿了一件红色方领短袖上衣，配墨绿的长裤，款式简单干净，反衬得她整个人清爽亮丽。他记得第一天她来上班，也是穿红色，红色的布袋套装窄裙。后来她告诉他，穿红色是为了避邪，不要再遇到不讲理的校长。

他替她开车门。

"等很久了吗？"她明知故问。

"哦，没有。"他每次看见她孑然从远处走过来，心里一半喜悦，一半怜惜，却没有说出来。

彩蝶飞

老汉右手拎着塑胶袋竖着眉鼓着眼珠等老妇从行人天桥下来。

十分肥胖，老妇一步一喘。她左右手各拎着一个塑胶袋，右手的袋子显然重量不轻，使她整个身子向右倾斜，步伐更加笨重、艰难。

"告诉你跟我过马路跟我过马路，偏不要，非要走天桥。巴士跑了啦。"老妇还在一级一级地下，他就对着她吼叫。她气喘吁吁地走到车站，坐下，才顶撞他："对啦，我怕死。"

"越怕越会死。"他手上拎的是个新买的锅，不重，所以当他疾步越过马路时，一点儿负担都没有，简直是健步如飞。何况他和她虽年纪相仿，都是六十上下，可是他身体好，常向人夸口自己能一口气登上二十五楼，且腿不软，气不喘。

"警察在哪里？怕警察，哼！"他还在生她的气，不停地把手上的袋子从左手换到右手，从右手又换到左手，好像如此可以泄去他一部分的气。

老妇不看他一眼，眼睛空洞洞地望着对面马路，让他一个人生气生个够。

这时候，对面马路上有一对少年男女在拉拉扯扯，像在闹，像在玩，少女咯咯地笑个不停。她想要冲过马路，却被少男拉住，两人半拥半抱地上了行人天桥。老妇不知不觉地抬起头，看那对少男少女。少男穿牛仔裤红色汗衫，少女穿牛仔裤绿色汗衫，两人在天桥上快步走，笑。九重葛红得天桥边上满满的都簇拥着他们的艳丽。他们像变成了两只彩蝶似的，飞呀，快乐地飞呀。

他们快乐地飞下来了，就坐在老妇的身边。少男边掐少女的颈项，边说："掐死你。每次告诉你，走天桥，走天桥，你就是不听。掐死你。"

少女的双手一边胡乱拍打着，一边娇声娇气地说："你怕警察，我不怕。"

老妇仍望着天桥，神思到了某年某月某日；那天，她也化成彩蝶在那里飞呀，快乐地飞呀……

老汉忽然回头对她吼道："巴士来了，发什么呆！"便径自上了车。

老妇从梦里惊醒过来。那彩蝶呢？她面有愠色地瞪了老汉一眼，好像给他一吼，彩蝶都不见了。

老妇慌忙起身要上车，旁边那对彩蝶仍在互相飞扑，翩翩起舞。老妇拎起袋子，莫名其妙地拿狠狠的眼神去抓它；少男——那只彩蝶，正好给她的眼神逮住，傻愣一下，等老妇上了车，才喃喃地说："神经病。"

少女叫道："你无缘无故骂我神经病，打你打你。"双手便不停敲打他的头。彩蝶又飞呀飞。

质疑伞内的温馨

现代城市里的花草树木都是煞费苦心规划出来的，哪一条路种什么树，开什么花，什么时候开花，都经过人工安排。行人常在不经意间，进入五彩缤纷的世界，路两边的树美极了，花儿一丛丛、一串串，争妍斗艳，整条街给装点得煞是好看。

行人却没有驻足观赏一下，连匆匆一瞥的兴致也没有。那美，成了包装糖果透着鲜艳颜色的薄薄的纸。

我发现大家难得一刻闲着，该忙的事情越来越多，时间越来越少。大家都没有心思做别的什么了。

难怪大家脸上的笑容难得一见了，噢！笑声，那发自内心畅怀大笑的快乐，好像音乐会上优美的乐曲一样，要买票才听得到。温馨感人的事更是不容易碰上一件。

那天竟意外地给我碰上一件。

我上班的地点换了。中午我到某个食物中心去吃午餐。

我常吃鱼头米粉，一来是避免吃油腻食物，二来是摊主的厨艺不错。他的鱼头带肉、新鲜、汤够味，几根青菜、一撮葱花，外加半个西红柿，配上小辣椒，迫不及待地挑起了我的食欲。

那天，下着毛毛雨，我撑起伞，快步走向食物中心。卖鱼头米粉的摊位前面有个空位，我坐下来却想换个口味，听说海南鸡饭不错，就要了一盘鸡腿饭。鸡肉果然鲜嫩。我吃了鸡腿饭，踏着满地的阳光就走了。——雨不知在什么时候停了，而我也忘了雨伞，落在了椅子上。

两天后，我到食物中心去吃鱼头米粉。没多久，摊主的助手，一个中年阿嫂便端来热腾腾的一碗。她笑眯眯地问我："你是不是忘了带走一把雨伞？"

"没有啊。"我忽然想起来，又说，"对了，银色的。"

她把雨伞拿来，正是我的。我向她道谢。虽是小事，我却高兴了半天。

某个周日，和朋友茶聚，谈起了这件事，感觉竟还是暖洋洋的。不料朋友却泼了我一头冷水，他说："一把旧雨伞？如果是钱，看她还不还你？就是区区十块钱也休想她还你。"

另一个也笑我傻："她要做你的生意——以后你不是更想吃她的米粉？"

他们的话不无道理。我一边开车，一边思索，在回家的路上像失落了什么似的。

一阵雷雨突然扑面而来，打断我的思路。这里的雨，偏偏也这么霸气，不让你有个机会预防，就像千军万马似的奔过来。我全神贯注于路况。到了家，雨仍下着。我不假思索地撑起那把银色雨伞。不正是这把雨伞，握在我手中，为我遮雨吗……

年初八，敲梁文福的门

今天，联合早报《文艺城》发表了你的小小说《舅舅说话的那一天》。雨，下个不停，把大家困在家里读你的文章。

你舅舅哑巴了三十四年，竟然开口说话了。

你说到这件事时，怎么老气横秋，半点儿也不兴奋？倒像是名中医师在看诊把脉似的，病人只能从你半藏半露的三言两语中去揣测病情。

你挤在二十万人群中看放鞭炮，有锣有鼓，人声沸腾，怎么半点儿也不兴奋，反而说无聊？

二十万人一下子拥到牛车水去挤着看放鞭炮，你说，不是难忘的新年放鞭炮的习俗。三十四岁的人，连真鞭炮是个什么样子都没见过，放鞭炮这习俗当然没有亲身体验过，哪来的二十万人的感情澎湃？再说，一种习俗绝迹三十四年，再燃放，也不再是习俗的延续了。更多的，你淡淡地说，是一种社会现象。

你是作家，这一回放鞭炮，倒给你打开大众紧闭的心灵窗口，你应该会有好奇心，要探索其中的奥秘。

放鞭炮，喧喧闹闹，的确添上不少新年气息。记得你老爸每年都在元宵节时，把一大串长七余尺的鞭炮挂在家前面的玉兰树上等待，人到齐了才放。在四十年前的静山村，这可是十分阔气的事。左邻右舍，大人小孩都来了。那一串热闹，噼里啪啦的，大家都在看，那才叫乐。

你老爸不是村长，你家也不是什么豪门大宅。村子里平日大家常走动，你老爸是那种谁都乐意和他聊的人；是鞭炮，吸引大家过来和你家一起乐。

那时候过年，像过年。先大扫除。老家的灰墙灰瓦，贴上春联，喜气就来了。大人买糖果糕点，汽水饮料。橘子摆上神龛，新年的脚步声便几乎听得见了。接着是杀鸡杀鸭，大人小孩忙着拜神拜祖宗。除夕，全家人围一桌吃年夜饭，叫团圆。气氛就在吃，家家都在吃，家家有气氛。过年嘛，在家吃年夜饭，感觉不一样。

你说，现在喜气渐渐不在了，只看到习气，更糟的，是俗气。你告诉过我，过去已经是过去，再登高痴痴瞭望，过去也不会回过头来安慰你。不过，你也说，过去的人，有一种心，是现代人没有的。

你大表哥那一跪，你就忘不了。

你大姨丈是经营花店的，在乡下有个规模颇大的花圃，

82

种胡姬，生意不小。可是，你大姨丈得了癌症，走得仓促，你大姨妈是个不懂理财的人，不到两年，便债台高筑，工人的薪水欠三五个月。你大姨妈六神无主，最后请你老爸去善后；卖产业，还债，只落得个一贫如洗。你老爸再用自己的储蓄买二手材料，在住家左侧的空地上盖了两房半厅。你大姨妈一家大小总算安顿下来，从此粗茶淡饭，却没有债务的烦恼，也不必看工人等待领薪水的眼神。

搬过来后的第一个年初一，你大表哥捧着两个橘子，进你家的大门，跪在你老爸面前，拜年。不只你吓一跳，你老爸正吃莲子甜汤，也"啊！"一声，手脚不知所措，红包也忘了给。那年，你大表哥十六岁。四十年前，六十年代初，谁拜年还跪拜呀。你大表哥也只第一年，行那么大的礼。你告诉我，你老爸定过神来，领会到你大姨妈的心，很开心，而且年年开心。

那一跪，你说，是旧礼节，落伍了。可是，你喜欢提这件事，每一次提，都说，那一跪，你看到你大姨妈，还有你大表哥的心。

现在，你是否可以谈谈，那一种心，怎么就比拥去看放鞭炮的二十万个心，更叫你牵肠挂肚？

入殓

他入殓时穿的，是三十五年前的西装。

他最初是个演员，虽不是科班出身，却也让他充上了主角，后来又跟着政要如影随形；后来听说又会水墨画，又会书法；后来又听说他弄来一张大学文凭，教起书来。

其实，他最有兴趣的是名誉。为了上台从大人物手中领那张奖状，他特别定做了一套价格不菲的西装。为了做那套西装，他倾其所有都还不够，难怪他之后就一直用心收着，三番四次对老婆说，"我走的时候，要穿那套西装。"

三十五年后，一场恶病把他的三魂七魄都吃掉了：眼眶深陷，颧骨高耸，嘴巴塌了下去，瘦骨嶙峋的，再穿上那套西装，活像田地里农家用几根竹竿撑起的空空洞洞的稻草人，滑稽得叫人难过。

他老婆不敢逆了他的意思，给他穿上，但发觉束紧皮带，裤腰皱叠在一起了，仍会松脱掉下来的样子；不放心，便把一大叠冥纸塞进腰围，再束紧。

他儿子站在一旁说，"妈，还有贺词、相片。"这也是他临死前再三嘱咐妻儿要办好的事。他正当壮年时，精力足，靠着一把好嗓音，两条腿，东征西讨，哪里可以钻营就奔到哪里。达官贵人的门槛跨出跨进也不计其数了，渐渐有些名气，衔头也就跟着来了，贺词也就跟着来了，簇拥的人群也就跟着来了。这可给他带来了最大的满足。他要把这一切荣誉也带走。

退休后这三年半以来，他时不时地拿着奖牌、奖盾、奖状，对着贺词，细细地看；内心却隐隐有些失落，像眼睁睁看着心疼的东西掉进了峡谷深渊似的，急得直叫喊，但只听见自己空洞的回音，嗡嗡地糊成一块，却再也抓不回来了。报纸上的贺词他都剪贴妥当、收藏妥当，可时日一久，不免衰老变黄，露出了惨遭淘汰出局的那种无奈的神情。

时势！他近年来最常琢磨的字眼。是"时与势"斗不过，还是"人与势"斗不过，还是"人与人"斗不过，还是……目光又不自禁地移向那斗大、暖暖的文字："艺蕾绽放""孔门俊彦""社稷英才"，而他最喜欢的是，那一次他从海外载誉归来，亲戚朋友给他登的全版的贺词："八斗任挥洒，载誉又归来。"下面是密密麻麻的人名。他一个一个看，人名竟越看越生分。

他老惦着，多久呢？九年吧？他罹患恶疾不再活跃奔走之后，就没有贺词了，那一大群簇拥在左右的人竟都散了。

三年半前，他退休，足等了一个月，仍不见有亲戚朋友登贺词祝贺他荣休，逼得他撑起精神在酒楼宴请老友，趁着饭饱酒酣暗示暗示他们，才见到那么一小块，草草率率四个字——"儒门典范"，连姓名都省下来了，什么"三十年老友祝贺"。他看了不免动了肝火，自己掏腰包登了半版，用的当然是假名。

他的妻儿把一张一张的贺词铺盖在他身上，再把一张一张的相片也铺盖上去，他儿子移动了几张相片，他老婆也移动了贺词，让"典范"两个字在他胯下露出来，很满意地对儿子说："你爸还有什么遗憾呢！"

他儿了觉得骄傲起米，说："乍看好像是哪一国的国旗。"

看来一切都妥当了，就等明天发引火化。

晚饭后，他儿子猛然想起了什么，颇为焦急地对母亲说："妈，怎么忘了把那些奖状、奖牌、奖盾也放进去？"

"都放进去，拿什么留下来？"她又感慨地说，"你爸一辈子东奔西走，可明天一把火就什么都没了。"

掌灯

　　三棵高大的雨树伸展着四十年的姿态去迎接灿烂的阳光。午后的阳光真烫，一经雨树的处理再洒下来，却凉了。来到大殿前院，阳光更软了，两只黑狗趴着享受柔柔的阳光。

　　香烟袅袅，气氛肃穆。万物到了这个山头都变得祥和起来。香客络绎不绝。今天是五月初一，许多信徒都来上香礼佛。大雄宝殿外搭起帐篷，长四方桌上摆了两盏油灯。香客却都挤到其中一盏去点香。原来一个老妇人掌管了另一盏：谁往木箱投入纸钞或硬币——俗称"捐香油"，她便在油灯上添点油，同时说句吉利话。

　　一对年纪三十左右的夫妇行色匆匆，各拿一炷香，到老妇人掌管的油灯那儿点香。老妇人的食指忽然如剑出鞘，刺向另一盏油灯，恶声喝道："到那边去点！"女的吃了一惊，怯怯地退下，男的脸上有怒气，瞪住老妇人。女的忙拉开他，他便也退下，到另一盏油灯处去点香。男的差一点儿就发作了，到底在佛殿前，能压抑得快。

我不禁端详了老妇人一会儿，都七老八十了，头上的发稀得打不住发髻，皮肤干瘪皱折起伏。这么老了，谁叫她来掌灯？我猜她是不请自来，一心要为佛服务的，看她为香客添油念佛号的模样，应是虔诚的。

我决定多站一会儿，看她掌灯的样子。她枯瘦畏缩的身影后面，是大殿，佛巍巍然巨大的形象，正俯视众生。对于众生，佛的法力无边。我仰望着佛的威严之中流露出来的慈爱，心总是很快就能平静下来。

老妇人也是受佛的感召而来的吗？

又一个肥胖的中年妇女在老妇人的恶声叱喝下急速走开，惊吓之中还以为自己犯了罪似的。

第三个是年轻的小姐，脸上的气质说明她是受过相当教育的。她在老妇人的"剑"指"气"使之下，先是不解，后是不满，但也只是满脸不悦地走开，没有去理会她。

我在老妇大声斥责第四个、第五个香客之前离开。路上，我为老妇人感到难过。如果无"灯"让她"掌"，是不是好些。

后来我又去上香礼佛，发觉老妇人不在了。那盏灯没人掌管了；灯很温暖地燃，不时有香客在火苗上点香。

不知怎么，想起老妇人，我又起了怜悯的心。佛殿前那盏灯的意义，她，明白了没有。

数字人生

　　他今天真是倒了八辈子的霉，自己家的门锁密码居然给忘了。一生起气来脑袋竟会昏乱到这个地步，天天用的密码一个也抓不住。看来，数字也是坑人的东西，但偏偏生活里离不开数字。这辈子给数字玩定了——孙悟空逃不出如来佛的手掌。他坐在咖啡店里，喝了一罐冰凉的"七喜"，逼自己冷静下来。可是，那五个号码像倒戈的士兵，没一个忠实地回来。

　　这下子他有家归不得；单身贵族，变成了丧家之犬。

　　他茫然地在马路上走，离家越来越远。经过 ATM 机，他想到该提款了，皮包里只有十块钱了。他提了两百块，心安些，到底提款卡的密码没有背叛他。他想，那门锁的密码等一下玩腻了应该会乖乖回来向他报到吧。

　　他咬着下唇，捏紧拳头，控制自己不去想早上的事，怕怒气又上来，堵在脑门，门锁的密码就不敢回来了；密码多半是给自己吓跑的。"你呀，气起来龇牙咧嘴，钟馗见到了会把你当鬼抓了去。"她曾开玩笑地对他说。……但是，他每跨出一步，早上的事就跟一步，甩也甩不掉。她指桑骂槐、含沙射影、声东击西，但每一句话明明都是在说他。这个女人真绝，同事了五年，来往了五年，竟然为了几个数字翻脸。

他在人群中行走，跟着人群拐弯，过马路，穿过一栋又一栋高楼。

手机响。93332733，是谁打来的？不管他。他跟着人潮流动，上斜坡。

手机响。93332733。又是他，哪个家伙？

"喂……喂喂喂……"

"你是乌龟王八蛋，哈哈……"

"你才是……""嘟嘟"，对方挂断了电话。他气得加快脚步，差一点儿与迎面而来也是急匆匆的青年撞了个满怀。他向对方丢了张臭脸，又疾走。裤袋里的手机在震动。92227878。谁？他想不起来，继续走，又震动，继续走，又震动。92227878，到底是谁？摆出与之抗衡到底的姿态，不管他，继续走，又震动，不管他，又震动，不管他。

他经过一个资讯站，停下脚步，里面每一台电脑都有人在查资料或是发电邮什么的。他想进去发电邮给她，骂她两句；臭婊子，高兴的话做什么都可以，不高兴，为几个数字就翻脸，把我当什么？玩偶？

他越想越气。早上，他心情美美地来到办公室。她竟也早到了，坐在电脑前。开工了吗？他静悄悄地走到她背后，想和她玩两句。她正要上网查电邮。他无意间看见她输入密码。

"哦，ang1999，我知道你的密码了。秘密全泄漏了。"

她回头，瞪住他，瞪得他的眼神全涣散，心里慌，然后恶声恶气地说："你无聊！小人！"接下来便在人前人后拿语言去烫他、刺他、毒他。

他气得连门锁的密码都给忘了，偏偏还牢牢记得她的电邮密码。他的脑门，好像受电子控制的荧光屏一样，每隔数秒钟就会显现 ang1999。

他拐个弯往回走，心里在盘算今晚在哪里过夜。

把妈妈画出来

第五个参赛者上台，站好，行礼，微微一笑，然后开口，举止从容不迫。好可爱的一个女孩儿，不过十岁吧。

秋红的眼睛像录像机的镜头，紧跟着女孩儿，一举一动都要照摄进去。爸爸带她到民众联络所来看儿童讲故事比赛，她好高兴。

顾恺之和一群小朋友正玩得高兴，忽然听到谁喊了一声"妈妈"，抬头一看，一个妈妈笑嘻嘻地走过来。孩子奔过去，妈妈抱起孩子，这边亲，那边吻。顾恺之看得呆住了。他想："我的妈妈呢？"

秋红听得好入神，眼睛不眨一下。爸爸有些不放心，带她来，是要她快乐，结果反倒使她伤心。

顾恺之的爸爸知道再也瞒不住儿子了……顾恺之天天缠着爸爸，要爸爸告诉他妈妈的模样。爸爸怎么办呢？他打了好几个比方，总算把妈妈的样子说清楚了。顾恺之就画呀画，他日也画夜也画……

爸爸把注意力都移到秋红的表情上。他看到女儿眼里漾出泪水。他后悔带她来，但台上的故事还要听下去。

妈妈的像画好了，顾恺之拿给爸爸看。爸爸说不像不像。顾恺之又画呀画，他日也画夜也画……爸爸说，像了像了，孩子，你看到妈妈了。

爸爸说："秋红，我们回去吧。"

"比赛完了吗？"秋红噙着泪水问爸爸。

爸爸没有回答。他怕还有类似顾恺之画妈妈的故事在后面，抱起她，郁郁地走了。秋红读小学一年级，爸爸还常抱她，此时此刻，他把她抱得更紧，想给她点儿什么似的。

"顾恺之是谁？爸爸。"半路上，秋红问。

爸爸想告诉她，顾恺之是个画家，可心里顾虑点儿什么，便说："爸爸不知道，没有这个人吧。"

"我可以学画画吗？"

"嗯，等你长大了，爸爸一定让你学画画。"

回去后，爸爸安排女儿上床睡觉，自己却忐忑不安，思潮起伏。几年来，他爱女儿，但再无微不至的爱，也还是弥补不了她失去妈妈的爱。父女俩高高兴兴地吃着晚餐的时候，秋红忽然会问："妈妈喜欢吃这菜吗？"路上看到妈妈抱着孩子，她会回头对爸爸说："有妈妈真好！"这时，爸爸的心给掏空似的，拿不出东西使女儿高兴，只觉得寂寞、苦涩、无奈。

　　夜已阑，爸爸移步到女儿的睡房，才发现女儿房里的灯亮着。女儿伏在桌上睡着了，手握着铅笔，好几张白纸上，画的都是女人的模样。爸爸呆呆地看，坐下，想着，泪流出来了。他走进储藏室，把收藏起来的妻的像拿出来，摆在女儿的床头，然后把女儿抱回床上睡。明天女儿就看到妈妈了，他想。

开画展

下个星期六是我的生日，爸爸说要给我搞个新鲜的庆祝方式：开画展。我马上说，要邀请邻居王小佳和李东阳来参观。

我还要邀请班上的同学，邀五个就好了。

爸爸说："好，邀五个就邀五个。"

我不邀请坐在我旁边的黄小龙，每次测验卷子分回来，他都对我说："我的分数比你的高。"那副骄傲的样子，我很讨厌。

王小佳的妈妈知道我要开画展，羡慕地说："琳琳九岁就开画展了！"

我说："王阿姨，你也要来呀。"

李东阳的妈妈说："琳琳将来一定是个大画家。"

"爸爸说，先当个小画家。李阿姨，你也要来呀。"

为了开画展，我可忙坏了，天天都把画拿出来看一遍，看两遍。从三岁到九岁，我的作品真不少哩。问爸爸："这一幅好吗？"问妈妈："那一幅好吗？"他们总是说好。

　　婆婆来了，我问婆婆，婆婆也说："都好，都好。"结果，全入选了，一共四十四幅，我房间的三面墙都挂满了；高一点儿的，爸爸帮我挂上去。爸爸说："还真像个画廊哪！"

　　我请婆婆给我的画展剪彩，婆婆一口便答应下来。这两天，她忙着用紫色的绒线织个又大又漂亮的绣球。织好了绑在红丝线上，红丝线由门框的左边拉到右边，问我好看不好看。我说绣球不在门的正中。她便重新调整丝线的长度，调整好了。我说红丝线软绵绵的，绣球看起来就垂头丧气了。她便又用绿色的纸剪小花小叶子，穿在上面。我学着她剪，帮着穿上，婆孙俩忙好了，再拉一拉，红丝线变成开花冒叶子的枝桠了，上面托了个大绣球。

　　婆婆和我一张一张地看墙上的画。婆婆不知看了多少遍了。

　　看，这一张，画的是公公养的鱼、血鹦鹉。鱼的眼睛轱辘辘辘转，又大又圆。每次婆婆看到这张画，总是眯眯笑起来。我五岁时，公公死了，婆婆继续养他的鱼。我到婆婆家，最喜欢看她养鱼。她常常指着鱼缸里的鱼，对我说："两条鱼，好像亲姐妹一样，天天在一起玩，从没有看过它们斗嘴。"

　　那一张是妈妈最喜欢的，一只大轮船嘟嘟开走了，妈妈坐在上面笑。那一张也是妈妈喜欢的，小帆船给鱼儿挡住，斜斜地就要翻倒了，鱼儿们争先恐后地跳进小帆船里。我喜欢听妈妈提起她小时候的事。妈妈小时候住在乡下，下雨的时候，便用纸折大轮船和小帆船。等雨停了，她和小舅，高高兴兴地到家前面的小溪，把大轮船和小帆船放到溪上，船走，他们跟着走，水急，船走得快，他们也跑得快；妈妈把叶子放在大轮船里，小舅把石子放在小帆船里，船撞翻了，船沉了，天也晚了。那时候，妈妈六岁，小舅才四岁。

哈！我最喜欢这一张，爸爸张着嘴巴睡着了。每天晚饭后，爸爸坐在沙发上看报纸，看着看着便睡着了，眼镜歪歪地架在鼻梁上。

我画画时，爸爸喜欢坐在旁边看，妈妈老爱帮我削颜色笔，他们都说我画得真不错。爸爸妈妈喜欢的画，要挂在这道大墙上。婆婆说："这里好，一进门就看见了。"

哦，婆婆，这是读小一的时候画的。我的华语老师，她天天问我们，谁要尿尿？她怕我们尿在裤子里呀。

这是王小佳家里的猫。爸爸说，猫的尾巴画得像一只要爬上树的小松鼠哩。

这是我班上的小朋友。有一次，他不小心跌倒了，"哇哇"地哭。妈妈说，好痛啊！你看，嘴巴张得好像妈妈炒菜的镬一样大，真的是好痛哟。

婆婆忽然发现奇迹似的，说："这一张怎么没见过？飞机的轮子画得太大了。"

哦，那是我五岁时坐飞机去香港，在飞机上画的。爸爸说，轮子大，跑得快。婆婆笑了，说："你坐在飞机的翅膀上开飞机呀？"

看完了，妈妈称赞我，婆婆也称赞我。

爸爸说，下个星期六，你的小朋友们来了，看见你一房间的画，你猜他们的第一个反应是什么？

哇！哇！

然后呢？然后，他们会说什么？

画童年

　　小儿今年读四年级。他喜欢画画；往往功课做一半，便搁在一边，又画呀画。画的都是机器人！他画的机器人，线条直直的，硬硬的，用尺画出来的吧。长长短短、粗粗细细的线条出乎意料地组合成一节一节，一块一块，又异想天开地组合成他心仪的形象，却都是那样一副机器人的模样。虽然都奇形怪状的，但也展现了他丰富的想象力，可到底缺了人性与血脉，铁头铁脑的。

　　带小儿去买玩具，他专挑选机器人，绝不移情别恋；那种看图样，自己动手组合的机器人，兴致勃勃地买回来，到家立刻拆开盒子，一小块，一小节的零件刺激了他的创作欲，他摊开图样，专注地把它组合起来。不多久，便眼前一新，与众不同的机器人诞生了！他雀跃欢呼，催促爸爸妈妈来观赏他的杰作，然后置于书架上，成为另一件收藏品。有些机器人手握武器，随时先发制人，尽管皆威风凛凛，却少了情感、少了眉目之间的灵气。

小儿开电脑玩游戏，总对机器人情有独钟。这一回，他一关一关地闯，妖魔一个一个地杀，不知道铲除了多少障碍，只听见欢叫声一声一声地响，分数是越来越高吧。他情不自已，兴奋得猿啼虎啸。我反倒担心起来：如果让儿子继续由机器人陪伴度过他的童年，长大后，他会是个怎么样的人？

我决定另外给他开个窗口。我告诉儿子，爸爸也喜欢画画。儿子马上把纸、笔、颜料准备好，要我画。

我画了个池塘，告诉他，以前，公公家百步之外有个池塘，大约学校餐厅那么大。池塘里莲叶圆圆，在风里，好像许多儿童在跳舞，撑起一把把小伞，绿油油地转；下雨的时候，滴答滴答地跳着水珠；红色的蜻蜓在上面飞，飞一整天还在飞。莲花盛开的时候，在绿伞的陪衬下，一朵一朵都成了美丽的小公主。莲花收成了，公公才允许小孩蹚水下池去抓鱼玩耍。用簸箕一撮一簸，水泄尽，簸箕里只见鱼儿蹦蹦跳跳。

我一边画一边讲，儿子听得出神。

我又画橡胶树。哇！儿子没有见过那么多橡胶树密密麻麻形成一个林。林子里静悄悄的，天边刚露出一线曙光，便有工人亮起额头灯，开始割胶。一盏灯由南向北移，一盏灯由北向南挪，听不见灯的对话，只听见鸡啼。

下午，我和邻居的孩子喜欢到林子里去拾橡胶种子。蚊子狂多，嗡嗡地飞，轰炸机似的，见人就"炸"。猛然听见树梢噼里啪啦地响，种子纷纷跳落下来，暗褐色，都鲜亮光滑。

儿子的脸上一半是惊讶一半是喜悦。隔天，儿子对我的童年仍兴致不减。我开车载他回到我的童年、我长大的地方，我们沿着 ANGMOKIOAVE3、AVE10、AVE8 绕了一圈。静山村，大约就在这个圈内消失得无影无踪。我告诉儿子，公公的池塘恐怕就埋在地铁站下面，橡胶树林则变成一栋一栋的组屋了。

"爸爸，我们去找个有小溪、有沼泽、有森林的地方住好不好？"儿子忽然向我提出这个建议。

我不能贸然说好，或者不好。

回到家，妻站在门口，提高嗓门对我说："你三弟明早从美国回来，要你去接机。"

儿子欢呼："噢！三叔一定买了最新的电脑游戏给我。"

我没有忘记儿子的问题，不过，要怎么给他一个答案呢。他正忙着发简讯给他三叔，大概已经忘了要向我讨答案吧。

量尺

　　倘若内心世界扬一面旗帜，迎风飘飘，必然啪啪作响。他，曾经是这样一个人。

　　琳琅满目的战胜品就摆放在他的眼前，炫耀着他卓越彪炳的功绩。世人都用羡慕和佩服的目光注视他的功绩，当越来越多人的目光凝聚成重重的虚荣时，那功绩便在他的灵魂里快速长成厚厚的茧。

　　我那天早上又看见他，莫名地起了怜悯的心，莫名地也想窥探他的内心里恐怕连他自己也不曾探问的角落。

　　才七点钟出头，他便拿着一把量尺，眯着半只眼，对准组屋的窗户，东量西量，好一会儿，又半蹲侧着头量，然后一一记在本子里，然后又站在椅子上量，也一一记下来，动作虽有些夸张、滑稽，却一望而知是职业性的惯性动作。然后他把椅子还给附近咖啡摊主，态度十分严肃认真。

　　摊主调侃地说："有借有还，再借不难。"好像他借椅子

102

是去办什么正经事似的。

　　大家也习以为常了，甚至不看他一眼，径自赶路。我第一次看到他，却吃了一惊。他"工作"的样子，和他过去没有两样。像他这样的人，一旦在财务上被人击垮，就像高楼坍塌，成为一堆废墟。才四十岁出头，一头茂密的头发比一堆枯黄的野草更颓丧无助。满嘴的胡子拉碴乍看像是密密麻麻僵死的蚂蚁。

　　这一带的居民都认识他。他本来就住在这里的四房式组屋里，是个成功的建筑商；最初是小本生意，给人家搞室内设计，装修房子，早出晚归，努力工作了十几年，渐渐地财富建构了他的信心，也撩拨了他的欲念与贪婪。他开马赛地车，搬到了毗邻山冈上的半独立洋房。大家仍见到他的车子准时地忙忙碌碌。大家都知道他越活越风光。路边新闻有一段日子还沸沸扬扬，说他的财富轻易就摆平了风韵荡然无存的老婆，另外金屋藏娇。

　　九十年代金融风暴来袭，他的脆弱性一下子便暴露出来。我见到他时，他不再坐在马赛地车里，我几乎不相信自己的眼睛，他整个人，仿佛是焦距没对准就摄下的相片。过不久再见到他，他已经是拿着那把尺对着天空量了又量的疯子。

　　他的那把量尺隐含的那种苦拼精神，叫人说不出所以地心酸起来。

疯子

　　我看见她在杂货店选购干粮，不禁停下脚步，偷偷瞥了她几眼。她认真而专注，时不时还轻松地和旁边也在选购干粮的中年女人说说笑笑。

　　她完全不像个疯子。

　　我第一次看见她，是在邻近的小贩中心。她把小贩中心与商店之间的空地当成她的舞台，边演边唱，唱的是福建歌仔戏，咿咿呀呀，好像有词又好像没有。她绕着大圈圈扭腰晃头踢脚，右手抓一条红色丝巾学台上的旦角甩水袖，飘呀，旋呀，居然变幻出许多花样。她自己乐得手舞足蹈。

　　中餐时间这里人来人往，都急着找位子坐下来吃东西。她一定觉得大家都在看她表演，都在叫好，所以继续认认真真地表演。大家只瞥一眼。她不过是个疯子。

　　原来她有两个自我：一个是疯子的自我，一个是常人的自我。常人的自我懂得干粮的货色、品质。当疯子的自我在

104

唱歌跳舞的时候，是怎么看众人的呢？会不会说："你们才是疯子！文明的疯子！"

她在唱歌跳舞的时候，是完全没有感觉到法律、习俗、道德、商业……种种现代文明人的束缚的，她享受着众人没有机会享受到的快乐。

这个疯子的自我，当她恢复成常人的自我时，会不会这样自由、大胆、快乐呢？疯子的自我和常人的自我，能不能正常地沟通呢？

没过几天，又奇峰突起。那天，我匆匆来到小贩中心，又见到她。她边走边讲电话，表情凝重、严厉，用力把声音拔得顶尖，肯定正与什么人在争论什么。她旁若无人，一个劲儿地对着手机吼："你敢！你敢！我告你，你敢！"她激动地挥动着手中的电话。她拿的是玩具电话！我现在看到的她，是那个疯子的自我了。那个疯子的自我怎么又那么像正常的自我呢……我的心无由地给重重撞击了一下。恍恍惚惚地在各摊位之间转了好几个圈，才找到方向似的坐了下来。我决定吃一盘烤鸭饭。

手机叙述

周杰伦《漂移》鼓点旋律……

　　没有我不行，有我也不行，我越来越cool，你越来越in，我越来越高明，你越来越神经，我和你越来越亲近，哎哎哎，为什么你和他，还有他他他，越来越哎哎哎……

Hello？断线。

你读初院的女儿真酷，用周杰伦的口吻rap了一段做铃声。

　　你瞄了下表，七手八脚地关电脑，收拾桌面。整栋楼其实都还在忙着，谁七点就下班？他说Taxi排长龙，恐怕赶不上约会，要你送一程。难怪他，女朋友是新交上的，荣誉学位，刚做半年就给上司盯住了，交一个重要的project给她

106

做。你当然乐意临门帮他踢一脚。这年月，提早下班总得找个能说服自己的理由。

到大厅，上厕所，出来时你脸上笑得亮亮的。

> ……没有我不行，有我也不行，我和你越来越
> 亲近……

"Hello……不行，告诉'新潮'，不延！就是明天。"你有点气愤地挂断电话。商场如战场，延期交货？你怎么向顾客求情？

> ……没有我不行，有我也不行，我越来越
> cool，你越来越 in……

"爸，Edward 给我一个 SMS 就要和我分手，我恨死他了，爸……"

是女儿打来的，情绪很激动，你费了好多口舌安慰了她。那个 Edward 真绝。

你看见他已经在对面频频看表。

为争取时间，你偷偷 U 转，在红色 Bus 专道停，示意他赶紧上车。他又看表。

"来得及。"你说。

“乌节路会堵车。”

“你越急，越堵；越放轻松，越通畅无阻。”车子是以每小时低于三十公里的速度在行驶。

他原是你的下属，又是外甥。一年半前跳槽到 B 公司，当上了促销部主管。你蛮赏识他的。他的车子趁 COE 低价卖了，定一部 HONDA。“新车什么时候到？”

“下星期一。”

　　……没有我不行，有我也不行，我和你越来越

亲近，哎哎哎，你和他，还有他他他，为什么越来

越……

“二舅，你很 in 嘛。”

“Hello！你还在中国啊？下星期我到越南，对对，看谁走得快。好好，回来谈，对，机不可失。”

“Eric 给你录的吗？ rap 得蛮好。”

“年轻人就爱搞这个，还说新时代的商人也要有新形象。”

车子来到 HollandRoad 植物园外，交通灯转红，右边车道一辆宝马疾驰而过，闯红灯摄像机闪了一下。

“拍到了？”

“可能没有 film。”

"是数码摄像就逃不掉。"

嘟！他的手机响。有简讯。

"What？现在说赶不来？"

"谁？"

"还有谁？她！"车子经过东陵购物中心。车流如龙，人流如浪。车子里寂静无声，他的脸凝住像一张被涂坏的面具。

"怎么样？现代人谈恋爱的心情是怎么样的？你想。"

"我都订好了。出门前还确定位子靠窗。"

"那我陪你吃好了，消气。"车子驶进文华酒店。

"二舅，七点半的约会，七点十五分SMS我说赶不来了，算不算失约？"

> ……没有我不行，有我也不行，我和你越来越
> 亲近……

"Hello！明天中午，我们边吃边谈，在Sheraton Tower很好，我请客，别客气，就这样。"你挂断电话。他一时怨气没得出，沉沉地说："二舅，你的饭局不少。"

"吃饭是为了赚钱。"

你看外甥情绪一下子滑到谷底，想找个话题来宽解他。刚才在厕所见到的情景又闪进脑子。那个高头大马站上尿

槽，才解开裤子，手机就响了。掏出手机，脱手，抓裤子的手也去接，裤子一溜滑落，手机咔嚓掉进尿槽里，还在响。你一时憋不住笑出声来，高头大马狠狠瞪你一眼。

"放轻松，活就要活得洒洒脱脱。这个世道！"

"我怎么回她的SMS？"

这倒考智慧了，你想。

从高楼临窗的座位上往下望，灯火很现代。侍者上汤了，天麻炖鸡，清甜甘美，而且有安定神经的疗效。"喝了汤，我讲个笑话给你听。"你说，又把侍者叫来，吩咐道："下一道菜二十分钟后再上。"

"是真实的事，就在前天中午，我肚子疼，奔到厕所，才坐下就听到隔壁有人讲手机：换一间好吗？我昨天才在'皇宾'请客，是台湾来的朋友……'白云边'不错，'西湖'也好，环境好，菜很精致，佛跳墙一等一……哦，炸生蚝好吃，当然要尝一尝……就这样说定了，晚上七点在'西湖'见……"你压低声音，学对方的口吻，仿佛现场表演。

气氛果然松弛一阵。可他又蹙眉了，似乎被调侃的是他自己。

嘟嘟，他打开简讯，递给你看，是她发的：临时公司有事须紧急处理，还在忙。

嘟嘟，他打开简讯。

"又是她吗？"

"是我妈，说炖了燕窝，要我早点儿回去吃。"他顿一顿，怨道："我妈老发这样的简讯。"

"你妈担心你给工作累坏了。"

"二舅，她算不算失约？"

邻座中年妇女的手机响得很嚣张。

侍者上菜，清蒸青衣盛在白瓷盘里，很馋嘴。

你的又响。

  ……没有我不行，有我也不行，我和你越来越

亲近……

你掏出手机，看号码，换上 silent mode。

"你接，没关系。"他说。

"不管它，不重要的……你就回个简讯给她吧，先不谈
失约不失约的事。这叫缓兵之计。"

你的视线从他似笑非笑的脸移向窗外，窗外，月的银光
和灯的橙黄融成一片苍茫，只见巍巍的建筑紧挨着，像小时
候玩的积木游戏。

吊在半空

　　我吊在半空，像阿明，阿明死了，应该说像阿明的孙子。不同的是，我自己排队买门票——成人＄29.50，小孩＄20.65，乐龄＄23.60——自愿被吊在半空。

　　去年二月吧，有四千人给阿明送行。阿明，一路走好！场面温馨感人。生荣死哀啊！

　　"那是赌馆？赶得及年底开幕吗？"老伴指着那片工程问。

　　"我要去赌馆！我要去赌馆！"孙子把老伴拉扯得东歪西倒。

　　"小孩上什么赌馆？别闹。你看，下面就是浮动舞台。"

　　哪里哪里……孙子被浮动舞台吸引去了。叽里咕噜的，老伴正给他讲国庆表演……放烟火，放烟火！孙子嚷嚷。

　　红毛猩猩的家在苏门答腊的森林，后来被运送到新加坡动物园变成大明星。哟！吊在半空竟然完全不惊慌。动物走运就和人一样，要风得风。要和阿明共进早餐吗？动物园说一句话，人潮便都涌进动物园来了。

"晚上更美！有灯光嘛。"老伴说。

"爷爷，奶奶说晚上更美。"

"我们坐船游新加坡河，你忘了？灯火辉煌！"

"多久的事了。"

"爷爷，晚上来，看灯火。"

早上翻开报纸，阿明的孙子 Chomel 和 Merlin 赫然吊在半空。哟！好福气！坐 SingaporeFlyer。中间是阿明的干女儿阿妮达。它们对着镜头懂得咪咪嘴。

"哟！这大猩猩真可爱。"老伴从沙发上拔起腰板，咖啡放在茶几上，凑近看得笑开了眼。"我们还没去坐呢！"

"我要坐！我要坐！"孙子丢下游戏机，一头栽进老伴的怀里，翻来滚去，"去坐 SingaporeFlyer！"

老伴没两下子便给搓揉成软趴趴的面团偎在沙发里，"去，去，找你爷爷去。"

"爷爷，奶奶说去去，去坐 SingaporeFlyer！"

老伴总是调虎离山，"今天星期日，不要去凑热闹。"

"我喜欢凑热闹。爷爷，今天去。猩猩也是今天去，报纸上看到的。"

我开车经过看见一个大轮盘，猜想是要建游乐场。迪斯尼乐园不是吹了吗？原本计划建在偏北的地方，好像是义顺。

看看又不像游乐场。广告牌？什么时代了，谁还花大钱用这土方法打广告？也难说，地点好就好，将来 IR 盖好，尤其抢眼。每天我从薛尔斯桥飞驰而过总看它一眼，越看越相信它会变成一个以多媒体呈现的广告大轮盘，在滨海湾闪烁成一颗星。

孙子窜来窜去，这会儿又喊船：奶奶，船开过来了！他脚下仿佛一览无遗那么宽阔。

船是从新加坡河开过来的；远看，一动也没动似的。

谜底揭晓，是摩天观景轮，叫 SingaporeFlyer。英国叫 LondonEye，中国有南昌之星，日本是天空之梦福冈。SingaporeFlyer 高一百六十五米，相当于四十二层楼，视野达四十五公里，世界第一。趁拉斯维加斯"航行者"高一百八十二米、北京朝天轮高二百零八米还没完工，我们先拿世界第一。

"再年轻一次，我们也在这儿举行婚礼。"摩天观景轮的座舱舒适、平稳，容纳二十八人没问题。

"你会？老古董。"老伴知道我是自我调侃，趁机刺我一下，"阿明就会，你等着看。"

"阿明拜拜了。你看滨海湾多美！"

跟阿明比？我连范文芳和李铭顺都没见过。阿明见的大人物才多呢，英女皇伊丽莎白泰来、她的女婿菲利普、迈克尔·杰克逊、大卫考柏菲……能和阿明站在一起拍照上报、上电视，大人物都觉得自己变成了"动物的朋友"。难怪很多人死都要和名人站在一起上报、上电视呢。哎，阿明死了，那么多人伤心，动物园最伤心。

"将来滨海公园等都发展了，看下去像仙境。"我这个老土产给吊在半空，美景当前，竟也有身在国外旅游的感觉。吊在半空的那感觉真美妙。吊在半空，多半什么也不想，就享受那美妙。

"这样看下去的确美。"老伴附和着。

"爷爷，阿明是不是这样站着拍照？"他跷两个食指在额头上摆 pose。

老伴把孙子抱在怀里，说："就这样，也给我们照一张，明天上报。"

照出来，孙子额头上长着两根食指。

摩天观景轮徐徐下降。我注意到下面有个大齿轮祖胸露体在转动，可我吊在半空的时候一点儿也没有觉得座舱在移动。到终点，开门。如果我是阿明，这时候肯定有一群人上前抢着和我一起拍照，幸亏我不是。人就是这样，希望自己是阿明又希望不是。

回到车上我问孙子，吊在半空好不好玩？

"好玩好玩。明天再来吊在半空！"孙子蹭到老伴的大腿上说。

"去去，找你爷爷去。"

　　上了薛尔斯桥，我忍不住看摩天轮一眼，还是觉得它像个广告大轮盘，可能是小时候看到的圆圆的不断转动的广告牌，在脑子里留下了根深蒂固的印象的原因吧。

青花碗

一

清早，我吓得从棉被里蹦起，一旁的妻也被惊醒。

"怎么啦？"妻瞪眼直视。

"死定啦……"

"谁死定了？"

噩梦吗？可手里捏着的青花碗三角碎片，尖尖正对准我愣住的眼睛。刚刚他紫胀的脸掉转过去变成一阵寒气袭过来。他发怒走了，体型越走远越显得高大。

"做噩梦？"妻问。她显然没看见他，也没看见我手里的残碎。

二

A学院美术学会邀我讲中国明清陶瓷器的鉴赏。鉴赏陶瓷确是认识中华文化的一个好窗口。莘莘学子竟还有这傻劲儿。于是，我准备了许多幻灯片，还有精美画册。那些古董总缘悭一面，除非碰上哪个机构主办展览。

我都准备好了，你却觉得尚有遗憾。你就这样，能得十分不肯拿九分。你说他不是收藏了三两件宝吗？借一件来亮相，强过千言万语。我说免了吧，何苦让千斤重担往自己肩上扛呀，万一有错失，功变成罪。

最后拗不过你。你坚持开专车一路护行确保安全。"他和你我半世的交情，信不过两条大汉能保住一个碗？"你说。

三

战战兢兢地把古董捧来了。这碗的造型粗犷，饕餮纹和喜字用色都潇洒随意，釉汁厚而青亮，一看就知道不是宫殿的收藏。据记载，它是 14 世纪中国外贸创汇的主要产品，但存世不多，而且仅见于欧美、日本、土耳其的博物馆。

"这宝贝准抢我的风头。"我抱着它嘀咕。

"值得！"你说。

四

午后艳阳天来到 A 学院。走进美术室我心口一亮，便料到演讲会成功。美术室有个雅称，叫"鱼乐居"，布置得疏朗、典雅，又没少了现代韵味。可见平日老师和同学对美术的诚意与热忱，连同茶几上那束鲜花都摆上来了。进来就觉得愉快，舒服，精神抖擞。

我低声对你说："幸亏听你的话，求完美。"

五

二十几个师生，听得很专注，还做笔记。

果然，当我捧出青花碗，摆在大方桌绒布上时，他们的眼睛几乎都放大十倍，全场几十道光柱牢牢地罩住青花碗。

我心虚得仿佛它就快迸裂似的，忙说："大家只能看，就在原位看好了，这宝，没买保险。"

好不容易青花碗掀起的高潮终于平复下来。"这是元代风格。你们看，青花碗外侧有一道深深的唇线，这是区别元明清青花的重要线索。"师生眼睛又都放大，有个男生连嘴巴也张大了。

"中国制瓷技艺，加上外来的形制、用途，青花钴料也是外来的。所以说，这碗，对研究历史的学者，有不同的价值。"

当大家听得津津有味的时候，室外忽然狂风大作，飞沙走石，日光隐没，树都天旋地转地摇摆。窗户的缝隙呼呼响，幸亏美术室有空调。可怪事发生了：头顶很温煦的吊灯着了魔似的边旋边舞起来，堕！四盏同时坠落。不偏不倚，正击中青花碗。青花碗没有就地粉身碎骨，而是滚到桌沿耍杂技般地转起来。我飞身双手去接，它偏一溜烟摔到地上，发出悦耳的一声：缰。

六

你照样开专车送青花碗到他家。"互相壮胆。"你说。

到他家门口，脚板的冷直透到手心，心"咚咚"猛撞。

那天，我和你揪着心把青花碗的残骸捡起，屑也捡起，泪都不敢让滴到地板上。

师生们仍坐在原位着急，帮不上忙。临走，我要求美术室暂时上锁。

门必是要敲的。

门开了。我重复两次，你帮我说一遍，他不肯接受我们的话。脸色很难看。

"完璧归赵！"他斩钉截铁地说，"By hook or by crook，你们得守诺言。"

你我面面相觑。我从没见过你那么没主意地看着我。而我，整个人都是空的。

"连沙子都捡来！恢复原型，一道罅也不行！"他狠狠地说，"说什么道理都是废话。"

"现实是无情的！"他丢下这话，门就"砰"地被关上了。

七

回到美术室，你和我用指头黏着地板找，分不清是青花碗的粉末还是尘土，都用宣纸包装好带回来再说。

"是怎么发生的？……"我喃喃自语。

"值得，从演讲的效果来说。"你答非所问，"美术主任告诉我，有个学生听了演讲，要去研究从福康宁挖掘出来的陶瓷残片。"

八

我心里闹得慌。手里捏着的三角碎片仿佛老要砸我的心。

青花碗无法脱胎换骨，而我得再去敲他的门。你这一回帮不上忙了，可我不怪你。你要求完美，我绝不怪你。

咚咚咚！我的敲门声听起来竟也有些唬人。

开门。天！他的身影膨胀得顶天立地，把我的视线都遮挡了。

我骑大鹏鸟

我骑着大鹏鸟。大鹏鸟听我的。我想象着自己驾幻影2000战斗机正做最后的演习，俯身低掠而过，转头直上高空，遽然又换个姿态，优哉游哉地在云里穿梭飘舞。啊！好鸟凭借力，送我上青云！快到天庭了！我是 No.1。

云彩飘忽之间，隐约传来 youku.com 的吟唱：

> ……这世界，分数就是王道。Oh，Mygod，请赐我伟大的力量。ABCD 的选择是命运的赌注……上帝啊，佛祖啊，玛丽亚……手拿考场号，命运更改轨道，考题似乎在对我叫嚣……

谁的声音？怪腔怪调的。……一阵风，声音给淹住了。

咦，那是什么？密密麻麻，仿佛一群雪白的鸟。哟！是大鹏鸟！我太专注于自己的翱翔了，不料身后一群大鹏鸟就要从我身边飞越过去。我大吃一惊，再次冲刺。

你看，那家伙把大鹏鸟骑得好像开美国 F-22 隐形战斗机。逞什么威风？哎呀，大家都那么专注地骑大鹏鸟，不，战斗机，不，大鹏鸟……

忽然，战斗机，不，前面的大鹏鸟直坠，又一只直坠……而我的大鹏鸟，不停地颤抖，不停地翻覆。砰！大鹏鸟狠狠地摔死了，紧紧贴住土地，像一条腌制晒干的鱼，暴凸的眼珠狠狠地瞪着我。

我惊醒过来，仍跌坐在鱼——大鹏鸟——身上，它狠狠地瞪我。不要这样瞪我——凝住的眼神里似乎有怨，还是质问？是在哭，泪盈盈就溢出来。怎么回事？每次拼命死抓死喊……挣扎呀……却这样直坠下去……不要这样瞪我。我的泪是热的，心是凉的。

都退休了，但逢会考，还做这样恐怖的梦。冒一身冷汗，再怎么平复自己也睡不着了。考试的阴影怎么换了个样，又来折磨我呀。

从前上小学的时候不做考试的梦。到了中四临近会考时，我记得清清楚楚，那个晚上，不知道自己到了哪里，眼前一片荒野，枯草遍地。我说不清什么东西在催我跑，只觉得紧张得要命，使劲儿跑，边跑边急于把手上的风筝放起来，风很大，可风筝放不起来，我急得泪都滚出来了，风筝还是飘飘荡荡又一头栽到地上……

读高中的时候，考试做梦不放风筝了，却更惊心动魄：一入梦，便沉溺在水里，不是浩瀚的海，不是乡下那口井，只是深深地、深深地直往下坠，我向上抓，抓个空，抓呀抓呀……透不过气了，喊！喊不出声来。身体还在坠……便惊醒了。

想不到当老师的时候做的考试梦比什么都可怕。也不是。最初好几年只教中一，考试的时候只有我吓唬学生，考试没来吓唬我。也不是真的吓唬，可我喜欢拿它来"玩"那个年纪的学生。今天说："不及格就得留班。"明天说："谁也别想来求分数。"我教的学生实力不是很好，经我一吓唬，个个都瞪眼哇哇叫，晚上准做噩梦。

后来我教中学，教高中，考试是一件大事。年头到年尾战战兢兢都在忙，师生的共同目标，就是争取优良的成绩。"都是为了你们好。"我是这样对学生说的。

那天翻开报纸，赫然看见一张照片，北京某学府的学生挤在六楼走道，庆祝高考结束，把书、笔记、资料撕成碎片，扔下来，纸屑飘呀飘，仿佛一群雪白的鸟。

飞呀飞。我梦里许多大鹏鸟，飞呀飞。

大鹏鸟——紧紧贴住土地，像一条腌制晒干的鱼。我脸上有愧疚的表情……

孔子嘴角一瞥的笑

已是暮色低垂时候，我裹着棉袄独自到处溜达。脑子长时间闷在热带出汗，那个冷，反倒使我觉得警醒清爽。噢，济南市在严冬仍透出生气，繁荣着。

斜对面百货商场趁早亮起霓虹灯。大门处有个古装打扮的大汉，忙着趋前向这个、向那个打躬作揖。周润发！啊，演孔子的周润发在做活广告！我得去看看。

哦，像周润发。周润发演孔子，扮相好。这汉子相貌堂堂，胡须也蓄得挺儒，也束发，骨笄却插歪了，也身着上古素服，右衽，束腰带，也穿布鞋。很有个样子。《史记·孔子世家》说孔子长9尺有6寸，相当于2.22米，和姚明一样高。这汉子也不赖，至少1.8米高。

看到我，他马上迎上来，一边往袖子里掏，一边嘴里叨念："有朋自远方来，不亦乐乎！买山东彩票，一张一百。"

奇！买一张看。头奖的奖符是君子爱财，取之有道；次奖是人无远虑，必有近忧；三奖是工欲善其事，必先利其器……绝！把孔子和福利彩票用一根嬉戏的绳绑在一起玩，这时代，就讲推陈出新。

他紧跟着一对中年夫妇踏步，把彩票推给中年妇人，中年男士猛摇手，加快脚步。他停步喊：欸，君子喻于义，小人喻于利。中年男士回头瞪眼，他更扬声道：小人喻于利，君子喻于义！欸，小人喻于利，君子喻于义！靠近商场橱窗几个大学生模样的女子抿着嘴笑，窃窃私语。他目光移向她们，停几眼，又从袖子里掏出一叠彩票，在空中挥，叨念：孔子卖彩票，这辈子给你碰上了。快买！君子和而不同，小人同而不和。孔子出新点子，卖彩票来了，非礼勿视，非礼勿听，非礼勿言，非礼勿动……

有辆豪华奔驰驶来，停。他赶忙上前开车门，鞠躬道："富而不骄……山东彩票，十张一千……富而好礼，富而不骄。"司机下来喊他：走开！走开！

哎，孔子！……昨天我才拜访了曲阜孔庙。孔庙建筑群仿皇宫之制，九进院落，纵向轴线贯穿整座建筑，左右对称，气势宏伟。两侧栽植桧柏，高耸挺拔的苍桧古柏间辟出一条幽深的甬道，通向孔子思想的深邃。谒庙者崇敬的心理油然而生。……我越走越觉得脚板冰冰的有股寒气在骨髓里直钻直颤。天气预报说会下雪，气温是零下四度。早餐早消化了，饥饿更逼得寒气在体内乱蹿。到了第七进院落，有个

"杏坛"，据说是孔子生前讲学处。我实在冷得不行了，只好跳步子取暖。有一群中学生，大约三十几个，正认真地听导游的讲解。听他们发问，是新加坡学生。现在流行到中国浸濡学习，孔庙自然是必到之景点——他们是我遇见的第三所学校的学生。我跳着步子看他们专注地做笔记，大概是要做专题报告。我停止跳步子，和一位老师搭讪没多久，小腿竟颤得站不稳。导游迟疑地看我，停顿一会儿，又继续说。

听到司机厉声喊那汉子走开，我有些莫名的懊恼，便转身回酒店。距离不过半公里，我竟走了三十年似的，而且是逆时光走的……

忽然下起雪，薄薄的像纸屑。

那个傍晚我和妻儿到滨海湾公园玩。在池塘边，赫然看见孔子——好几尊石头雕塑，论辈分，孔子最长，还有屈原、花木兰、岳飞、林则徐、秋瑾等，都伫立，默默瞭望对岸商业重镇的喧嚣……因为四小龙经济起飞，孔子红起来，率领一批石头雕塑站在那儿给大家看，不知站多久了。对于经济发展，儒家思想是股潜在的力量，孔子红起来，学者开研讨会，教育部编课本，培训教师，学校教儒家。后来，要建金沙综合度假村，工程开始了，滨海湾公园的那几尊石头雕塑给圈围在里面，看不见了，不知道还会不会摆到那里……

我竟逆流而上，飞到台北。呆头呆脑，我坐在台大 21 教室上《论孟导读》；站在文学院廊道上和夏老师讨论厥焚。孔子问："伤人乎？"不问马；在宿舍灯下看钱穆、牟宗三、徐复观，看余英时、杨伯峻、李泽厚，谈孔子……又听说台湾每个县都有孔庙，而台南孔庙最值得拜谒。到的时候夏日炎炎。果然，绿荫掩护着的红墙红瓦都有了年月的古朴，褪去了颜色的喧哗和骄傲，只围住了一院花语和一片宁静。徐步前进，到大成殿。只见一个孕妇立于孔子前，俯首，双手捧一本书贴住胸口，良久一动不动。我向孔子三鞠躬。从棂星门出来，到明伦堂，昔日台南学生上课的地方。小憩片刻，觉得这地方当夜深人静的时候，借着烛光，应该听得见孔夫子与弟子们琅琅的诵读声。

无意间发现那孕妇这时候也来到明伦堂。噫！她在院子里数步子绕圆圈走，双手仍捧那本书贴住胸口，是《论语》吧。一步一步，她默声在诵读什么呢……一圈又一圈，她默声在诵读子曰：学而时习之，不亦乐乎！……我隐约听见了孔夫子和弟子们的弦歌不辍……

哦！那孕妇是专心地给胎儿默声诵读……

……我的酒店耸立在眼前，立于百米之外看，飘飘雪花，酒店灯火与街灯交互辉映，烟蒙蒙如真似幻，美得很。

黄昏不下山

　　大概半年前吧，那天，他读报不知读到什么，自个儿嘿嘿冷笑。老伴愣眼看他。他刷一声丢下报纸，走开。

　　接下来几天，他总在大厅呆坐半天，眼睛这会儿看迷茫，待一会儿又炯炯亮。老伴唠叨他发什么神经。他咧嘴笑。他五十九岁因轻微中风只好退休，从银行行销经理变成老宅男，只好读报，读着读着就大发议论。老伴傻眼看他。

　　他把书房里他用了十一年的电脑丢了，买 Apple Macbook，开 Facebook 户口，兴头十足地把那对老相好贴上去。

　　你注意到啦，汗衫配 Levi's 牛仔裤，他迈出去的步伐很 Nike。他到处逛，天天报告物的行踪。背起 Canon7D，从乌节路的繁华逛到邻里的 Shopping mall。看到橱窗里惹眼的潮流，新款的电脑、手机、服装、背包、鞋子……新盖的商业大楼，新开张的食阁，他都拍照挂上 Facebook。你说什么？他要证明他和时代同调调，同感觉，同想法，尤其，同消费倾向。从他的行为语言看是这样没错。他刚换上 iPhone4，又买了 iPad，成了购物狂哩。老伴讲他，他瞪眼："我有钱！年轻人能买我不能买？"在地铁上，拿出 iPad，他 touch 来 touch 去最后老禅定定地看僵尸片 Twilight。What a cool old man！有青春的赞语。你也听见啦。

他逛累了就在乌节路的 Starbucks Coffee 喝咖啡，享受咖啡的时髦。然后继续逛，看人花钱，自己花钱给人看。两个半月他花了三万多。老伴把他的存折藏起来，他喝令她交出来。

半年后的一天，老伴发觉他歪躺在沙发上，灵魂离散，又不像。她带刺说他今天得闲啦，他瞪她。饿了他也是那样催她："你还不去煮？"可他成天一声不响，从脸色看得出他脑子里乱七八糟。

晚饭后他一直歪躺在沙发上。新买的 Sony 高清电视一直转台又转台，停在广告。BMW 奔驰千里，急转弯漂亮，刹快车更漂亮。又换台。她看他一眼，拿话刺激他：去买部 BMW335i 吧。他骂她癫，再重重补上一句：想，另外给我三十万元退休金。她肯定他正常，便径自上床睡觉去了。

他像坚持什么似的在电视前面转台又转台。对面公寓只三家亮灯，夜晚了都疲乏了只好睡觉。撑什么撑呢！可他仍歪躺着像一座危楼。荧光屏上强白光闪个不停，七颜八色跳个不停，一片声喊叫个不停，影影绰绰乱个不停。

半夜她惊醒，打开房门，大厅吵得翻天覆地。电视里影影绰绰。开灯。他歪睡在地板上。她使劲摇醒他：发癫呀你。他大吃一惊，东张西望，瞪住她。

隔天他竟失踪了。只在 Facebook 上说他去看世界。去哪里？没说。一星期后看到他在东京穿街走巷，又出现在京都巷子里的民宅，在研究什么呀，看得那么专注。他和穿和服的老板娘合照显得神气奕奕，背景是一间典雅的小酒馆，旁注是我活得很好。哼，钱花光了看你不回来。老伴看了照片就 log out。

他又去了北海道。白雪皑皑，他站在凛冽的大地里真干净，清清爽爽。他丢下一句她看了半天仍不知所云的话，就再也没了消息。最后看到的照片是顶着半轮落日的山峦，金黄的余晖里没见到他的身影。老头躲在哪儿？真癫了吗？日本有老人上山找归宿，越走越深入甚至迷失了，也不知道是迷失了，还是不下山。她慌了，报警吗？她没了主意。把他留下的最后一句话抄下来，看警方怎么说。是不是遗言？

三脚椅子

　　她的下属私底下用同一个眼色，鼻孔向上一翘来指代她。那天，年轻人笑眯眯地告诉大家，她专用的椅子左后脚的榫眼松垮了——大家等着看她四脚朝天。

　　她发现榫眼松垮了，居然照坐，留神就没事了——她相信椅子是她的护身符。她怀疑椅子是下属破坏的。哼！等着瞧。

　　她桌子上摆一件比扑满大一点儿的鼎。在西安街头的一个摊子上买的，摊主告诉她鼎是从秦始皇陵出土的古董，又把铭刻的金文念给她听：一言九鼎。她喜欢极了，告诉摊主她是教语文的，喜欢有文化寓意的东西，便高高兴兴买回来摆在办公桌上当格言。

　　她凝神看格言，忽然抓起电话，把下属都叫进来，冷着脸对下属讲"一和九"的道理。下属低头都没在听。年轻人的眼神直接告诉她他也没在听。

她气爆了，却忍住，看表，"你们可以走了。"

下属刚把门扣上，里面忽然轰隆巨响，还有茶杯摔破的声音。下属都没开门看，年轻人扑哧忍不住笑了……

鸭腿

在锦茂小贩中心。

有个大汉，手臂的刺青很惹眼。他正用嘴撕烧鸭腿吃。

小女孩挨着他坐。

你敢这样吃吗？爸爸是男人，不要紧，呵呵。你在家里也是这样吃，呵呵。小女孩也呵呵。

原来是父女。小女孩笑眯眯地看爸爸吃。

你要喝水吗？小女孩眯眯笑。要喝什么？我就知道你要Q000，呵呵。他走向饮料摊，穿短裤，小腿也刺青。

小女孩甜滋滋地喝。

你呀，爱吃甜，会蛀牙，你看，他龇牙咧嘴，门牙焦黑，犬齿缺一角，呵呵。小女孩也呵呵。

等一下回去买个大鸭腿给妈妈吃。

小女孩在他耳边说什么。

谁说的，我知道你妈妈最喜欢吃九江的烧鸭腿。我买两个回去，你也吃一个。

　　小女孩又在他耳边说什么。大汉愣了一下。

　　那就买两个鸡腿，外加两个蛋，我知道哪一摊好吃。小
女孩点点头。

鱼肉夫妻

老太太和老先生坐下便和我搭讪，在明地米亚小贩中心。老太太先开口，潮州话。小贩送上一碗猪脚，一碗肉骨汤。我眼睛定格在那碗猪脚上。老太太说，来，一起吃。

老先生夹起汤里的肉，咬一口又放回去。

今天卖粥的没开档，伊只吃鱼，一个人能吃六条白肚鱼。老太太说。

老先生没有鱼吃不下饭，把碗推开了。

老太太把猪脚吃得只剩骨块了，对老先生说，喝了咖啡去买鱼。她继续喝肉骨汤。

儿子成家了不跟二老住在一起。老太太八十二岁了，老先生八十四岁，没有女佣。

等一下就去巴刹买鱼回家煮，我可以不吃肉伊不可以不吃鱼。伊卖鱼的，五十年前你问联合鱼行，没有人不知道。

老先生听老太太说，脸上亮一下，大概听到五十年前……

玻璃墙

　　一个在玻璃墙的里边，一个在外边。里边的双手夸张地在头上舞，外边的笑；外边的右手掌作捶胸状，里边的笑。里边的指向左方，挥挥手，外边的指向左方，挥挥手。她们匆匆往相反的方向走，转眼便不见踪影。现代高楼四通八达。

　　青年的步子太急，撞向玻璃墙连嘭！屌！看不见。摸鼻梁，血！玻璃墙里边有个青年，看血在流。他和他对看，都没有表情。

　　她坐在室内的角落，他坐在临街的座位，他看不见她在看他。玻璃墙上有余晖的金黄。他呷一口啤酒，双目流盼。不像流莺的流莺在寻找对象。她看见他用 iPhone 刚刚偷捕捉到一对刻意卖弄的乳峰。

　　他眯眯笑，回过头没看见她也眯眯笑。

惊吓

哎哟，干吗买票到戏院让鬼出来吓你？我立马杜撰一个给你听。

静山村不是消失了吗？右边橡胶林，左边大沟渠，橡胶林那间小黑屋会叫，夜里会亮一下灭一下……经过这里时连狗都会加快脚步，树梢就沙沙作响。

咦，怎么走到这里，大白天小黑屋不会叫。忽然我全身起鸡皮疙瘩，回头看，一辆没人驾驶的军用Landrover，慢慢移、鬼悄悄地过来。

向我？当我意识到的时候它已经加速，我赶紧一闪，啵！翻落下去。

妻一骨碌跳起来。

你搞什么？

我的膝头很疼。

妻帮我涂正骨水，不知道是庆幸还是警告，她说：撞到头你就知道了！

她没有看见 Landrover。我告诉她我如果闪避不及就给 Landrover 撞死了。可 Landrover 不知什么时候不见了踪影。

别以为我说梦话，千真万确，我的膝头隐隐作痛。

剪的威胁

　　这故事不是虚构的。请不要简单论断谁对谁错。偏巧她是母语老师——我思考的是语文以外的事。

　　某名校。小二 A 班。潘老师看到 F 又在玩动物小贴纸，没收了。不是说了吗？上课不准玩！F 想哭的样子。H 要给好朋友 F 出头，很大人样地对老师说，F 的母亲会骂你。"我等她来骂！"H 不甘休，拿出小剪刀，作势要剪：你不还她我就剪断我的指头。"你剪吧。"嘴里虽喷气话，但潘老师心里发毛，偷眼看小剪刀。小剪刀在 H 的食指上滑来磨去。同学们都好怕。

　　下面是我杜撰补上去的。

　　潘老师自己剪下了一节食指，血淋淋的，用丈夫修剪花木的大剪刀。丈夫安慰她，不怕，我带你去看医生，不会有事的，不信你看，你的食指好好的，大剪刀不见了。

　　结尾呢？我不喜欢我的结尾，就放弃不写了。

了解之后

　　林老师回家经过麦当劳，看见 N 和三两个同学在角落，头聚在一堆，对着电脑的荧光屏指手画脚的样子。都几点了？N 的姨妈大概也还没回家。N 的姨妈做生意，没有多少时间留给 N。当初，N 的父母离异的时候，怎么 N 不是归爸爸或者妈妈，而是由姨妈收养了她？姨妈以为，收养 N，对她来说，经济根本不是负担，是吗？情况太复杂，不便问。林老师常打电话给她，让她知道 N 的学习情况。每次她都很自责，说自己太忙，忽略了 N。

　　N 不交作业，说您给她请的补习老师，给很多作业。

　　哪儿有？N 不让我请补习老师。死都不要！

　　林老师其实知道 N 在撒谎，说出来只是要姨妈知道她撒谎。

　　姨妈很焦急，说：我马上逼她补习，来得及吗？

　　即使请老师上门，谁来确保她学习呢？林老师说，学校给赶不上的学生补课的，N 不来上课。小六会考就到了。姨妈意识到 N 的问题严重，又很自责地说，让我好好跟 N 谈一谈。

您不要给 N 太多零用钱。话到嘴边林老师又把它吞回去了，只说：我们都觉得这样下去不是办法。林老师希望，这时候，N 和她的姨妈都已经回到家。

林老师没有意料到的是，两年后在报纸上看到 N。N 和两个同学逃课，在加冷河畔流荡，不知怎么就被大雨后忽然而至的激流冲走了。她的同学略懂水性，挣扎中将人救上来，而 N 被救上来的时候已经死了。

在学校发生的事之一

林老师找遍了，不见踪影，额头直冒汗。吃饭的家伙都在里面，这下不用活了。坐下，喝一大杯冰水，冷静想。他把 L 叫来，对他说，我的 thumbdrive(拇指驱动器)不见了。

老师，不是我拿的。

叫你来，是要你帮我找回来。

隔天，thumbdrive 美美地放在林老师的桌上。

开学一周，就看出 L 是大哥级人物。小时候住的地方有私会党，从前的工作也见识过黑帮人物，转行教书，林老师知道怎么和学生讲江湖义气。L 主动对他说，老师，我让那些要听课的坐前面，我们在后面做什么你不要管。他笑笑。这个口头协议至少让他顺利地把课讲下去。

林老师对 L 说，谢谢你，他不追问 thumbdrive 是谁拿走，干吗拿走。明年就中五了，你这样不会及格的。你能干什么，你想过吗？

老师，我想当流氓。

你知道什么叫流氓？

我知道，我家楼下的咖啡店就有。

你能给他们做什么？

跑腿。

我见过黑帮老大。你见过吗？

没有啦……

你给警察抓了，给人家打死了，你还不知道谁是老大，我老实告诉你。

……

上课铃声响。他接下来连续上三节课，然后开会，然后是教学分享会。

这样下去不是办法，是不是？林老师好像是对 L 说，又好像是对自己说。他走进课室时，L 转头看他，奇怪，他觉得 L 的眼睛像清晨的湖水……

两个母亲

　　三个中年姐妹，约好每个星期天早上在黄埔小贩中心见面，喝咖啡。她们也喜欢喝角落摊姐妹俩泡的咖啡，便常常跟我同桌。我没和她们搭讪，她们坐下便有谈不完的话，谈的又都是自家里的事。你一句我一句，也不避讳，只见是是非非在炭火里跳。我静静地听，觉得家家有本难念的经，日子变得难挨了。平常百姓家就有一大堆很烦琐的事情。

　　我理出了头绪，三姐妹加上两个哥哥一个弟弟，共六个家，母亲住在弟弟家。口吻里，她们的心都偏向排行最小的弟弟。今天话茬一开始就打抱不平，谈的是弟弟家。有点复杂，一山藏二虎的缘故，哦，眉目出来了，竟是明修栈道，暗度陈仓。她们气呼呼地恨弟弟不争气，亏母亲最疼他，巴不得早一天抱男孙呢。气是气，骂还是骂弟弟的老婆老出馊主意。

　　弟弟的老婆这两天就要生产了，而母亲却到中国旅游去，再到乡下探亲，宁愿迟迟归。家里媳妇生头胎，男孙，坐月子她要自己的母亲过来照顾她。一个屋檐下不能有两个母亲，他便想出了暗度陈仓的办法，出钱让母亲去玩。母亲在旅途上，怎么玩得开心！末了她们竟咬牙切齿。

她们家的经难念，因为两个母亲必须分开，如果两个母亲不分开，会不会木鱼敲得"咚咚"响，经却念不下去呢；也可能，听见悠悠的钟鼓，而曙光一线在霭霭的天际。

访客

　　他养了两只八哥。养八哥是因为每只二十几元，买得起，八哥的叫声也还好听呀。

　　他给八哥选了个半人高的鸟笼，布置一番，让八哥从这枝丫跳到那枝丫，或者勉强展翅从那枝丫飞上这枝丫。

　　空间虽局促，但主人已尽了力，八哥不会老想逃离这个家吧。八哥，你怎么知道我不知道你很寂寞呢。他愣愣地看呆呆对立的两只八哥。

　　咦，笼外怎么也有尿粪？清除了又有。暗中观察。他发现有两只八哥飞来，在笼子外与笼子内的八哥窃窃私语。

　　八哥有朋友呢！早上一对，下午一对，天天到访，是同一对吗？

　　唔，你看，笼内的食物笼外的八哥吃不到，是纯友谊关系哩，好羡慕。

　　他用与笼内同样的宽嘴玻璃瓶盛水置于笼外。暗中观察。八哥飞来了，笼外的八哥竟和笼内的八哥一样快乐地洗起澡来。哈！怎么是主人同情八哥呢。他有些恍恍惚惚，又似乎在沉思什么。

抽烟

母亲刚醒。我推母亲去晒晒阳光，他对护士说。母亲会意，微微泛起笑意。他悄悄推母亲到走道尽头僻静的地方，递给母亲一根烟——护士不准母亲抽烟的。

可是，到了母亲这个年纪，坐在轮椅上，少抽一根烟健康不起来，多抽一根烟却给了他们母子之间多一些交换默契的快乐。

母亲第一次看他抽烟，很不高兴。年纪轻轻抽什么烟？母亲的烟瘾很大，却不希望看到自己的儿子太早染上烟瘾。

他十六岁了，五十年前，他那个年纪的少年，不抽烟，朋友便说你是嫩芽胞，娘儿味什么的。

烟从他的口徐徐流过去，烟从母亲的口舒舒流过来，萦绕，缭绕。

那年他忽然想戒烟。不抽烟，当什么作家？母亲知道他在文坛小有名气，竟反对他戒烟呢。抽烟，对她来说，从此竟有了满足感吧。他想起母亲的话不禁莞尔一笑。烟，悠悠然从母亲的嘴里喷出，他觉得应该陪母亲抽几根烟，虽然母亲入院后他找了针灸师，这一次下定决心戒烟。

助听器

儿子说，带她看医生，配了助听器，她不戴，说戴了就有好几只蚊子在里面咿咿叫。

母亲八十一岁，听觉不好。她坐在客厅看电视，像看默剧，看一会儿便睡着了。亲友来，亲友拉高嗓门对她说话，拉高嗓门说第二句话，第三句，就不说了。谁会一直拔高嗓门喊话？

儿子抱歉地对亲友说，母亲不喜欢戴助听器。

可你们走了，她就悄悄戴上去。儿子在申诉了。

哦？

她怕我吃了迷药。

儿子是单身贵族，和母亲住半独立洋房。房契上母亲把儿子的名字也加上去。

偷听我和多多说话，以为我不知道。儿子斜眼抛向母亲，苦笑。

哦？

多多是儿子请来照顾母亲的缅甸女佣，伶俐乖巧，没多久就学会简单的英语，懂得与男主人沟通，懂得服侍老太太。

她的眼睛到处找——儿子故意以滑稽动作模仿她左顾右盼的神情——看到我和多多，就戴。连多多都知道了，她以为只有她知道。

最后一班

　　最后一趟火车晚上 10 时开，从丹戎巴葛往吉隆坡。第一次坐火车也是 6 月 30 日晚上，1969 年。庆祝第一次领薪水，约女友坐夜班车，一路谈一路笑……窗外，黑不溜秋，偶有亮光闪过也只让你看见周遭有轮廓的黑暗。过海峡了吧。我读小学时喜欢用唇亡齿寒形容一衣带水的两岸。王老师在我小学毕业那年便去世了。她教地理，一衣带水、唇亡齿寒便是她教的。板书端端正正，强调了它的重要性。窗外，火车"隆隆"响，不厌其烦地重复它的单调。现在两岸的关系，气不顺的时候像陌生人，气顺了像老朋友。噢，第一次爸爸带妈妈、妹妹和我到丹戎巴葛火车站送亲戚回马来西亚，只送到入口，就不准进去了。火车"隆隆"走了，那"隆隆"响曾经是我梦寐以求的声音。那时我才十一二岁，伸长颈项向里边望，亲戚没了踪影，如果能跟着坐上那列火车，北上……不经意间听到"隆隆"响，在武吉知马路的头顶上过去，许多年以后。哦，坐火车，北上，一直等到第一次领薪水。窗外，黑暗里"隆隆"响。我和妻，觉得应该留个纪念，便跟着大家赶集似的坐上最后一班车。女儿说男朋友二十一岁生日 party 更重要，儿子也不跟，赶不完的 project 已经够烦了，最后一班，Who care？窗外，儿子的话"隆隆"响。妻在吃烤番薯片。

现实

　　办公室里流行一句不合逻辑的话，就是"聪明人总以为别人都是笨的"。大家嘴里的聪明人，指的是她。这话其实也不符合事实，因为她不但不聪明，而且蠢得很；随便拿她做的一件事、说的一句话让大家私下评论，谁都会说：蠢。可她偏偏在管理层。手中握有权力，她就胡作非为起来。大家之所以用聪明来形容她，就在于她很敢利用自己的位子猎取名和利；她的虚荣可以变出很多伎俩。你怎么看她、说她，她全不在乎。只要到手，就胜利，而胜利属于聪明人，她想。

　　聪明人接着的聪明便是讲漂亮话，这几乎成了定律。那调调真高啰，像义勇军进行曲。公司对外宣传便派她上场。至于你信不信，她可不在乎。所以，大家又有个说法：她呀，她赤裸裸就是现实！

可到底有人表达不满了，说：现实里有良知的，良知埋伏着，不言不语。

她当然不信。当她讲漂亮话的时候，她看到她的顶头上司递来赞赏的眼神，频频点头。

你摇头吗？你是什么东西？

咬

在上海城隍庙逛，人流不断。那不是 C 和 J 吗？并肩贴得很甜蜜。

逛到巷口，有个老头摆摊子写字。红杏枝头春意闹……又看见他们在左斜角摊子前的人堆里。字写得不怎么样，收笔像条尾巴。C 对 J 有意思，同事私下都这么说。还年轻嘛，十几年前。老头也觉得不好，丢掉，重写一张。后来 J 嫁给 M，现在已是三个孩子的母亲了。C 还没结婚呢。还是"闹"字写不好，老头在描。哎，怎么描呀！越描越黑。J 买个烧饼，咬一口，递给 C，C 咬一口，递给 J。别描了老头，"意"开头那一点也不好，太重了。C 抬头看见我，装作看天，用手肘撞一下 J。我假装看老头写字，还描？J 抢两步上前来，很热络、很相知的样子，hi，要吃吗？好吃，给你咬一口，我嘴馋，又吃不了一个，便把烧饼递到我眼前来。

呵，C 第二口刚好咬在 J 第一口上。J 鱼与熊掌兼得了。

烧饼的齿痕迎向我。我当然没咬。

C却咬下去……老头看看觉得满意，取夹子，挂在贴墙的绳子上，摆卖。哦，他们还在那儿，看C那殷勤劲，好玩。

嗯，老头，若单看那个"春"字，还不错。

那灯

正思念。玻璃窗上的露水凝成珠，晶莹欲动。我便看到对面高楼有扇窗，亮着橘黄色的灯光。借助月光，我从底层往上数，又从顶楼往下数，数着数着，楼朦胧了，灯朦胧了。那灯是在哪一层呢？

平日从没看见。当我展读林文月老师的散文《温州街到温州街》时，奇怪！那窗，就亮着那橘黄色的灯光。

难道是因为我展读时喜欢抬头看墙上的字？写的是陆游的诗：

> 江上荒城猿鸟悲，
> 隔江便是屈原祠。
> 一千五百年间事，
> 只有滩声似旧时。

台静农老师的行书刚毅灵动。看着看着便听见他爽朗的笑声，那年在台北，在历史博物馆一个书画展上……台老师稍稍肥胖的身影，便又出没于墙上行书的沉毅灵动之间。

　　定神凝睇，想林老师说的，那高高耸立的楼，当有一间朴实的书斋，书斋那扇窗，亮着那橘黄色的灯光，灯下，当有一位可敬的书法家。是在哪一层楼呢？我小心翼翼地数，数着数着，楼朦胧了，灯朦胧了……却听见爽朗的笑声。

窗

我从窗口看对面组屋，有三户人家在我的视角之内。每次，我的眼睛都从右边移向左边。右边这一户一览无遗：早晨总看见一对男女在亲嘴，男的把女的抱起来，又把头埋在她怀里，又从后面把她抱住，那是翻新后搬来的年轻伴侣。中间一户的厨房在我的正对面，四口人穿梭交错，匆匆，像演打斗皮影戏似的，可能是赶着上班、上学吧，可惜听不见台词和吹打乐，之后一整天是空的。左边一户只看到厨房一角，空荡荡的，偶尔见到有个老妇人在窗口张望，是独居吗？

那天傍晚，妻要泡咖啡，说 brownsugar 用完了。我下楼买。看见有个老妇人吃力地推着轮椅，不就是从窗口看到的那位老妇人吗？原来她有老伴。要去哪里呢？老妇人抖颤颤的，轮椅也抖颤颤的。

回到家我从窗口看，不由地竟改了习惯，从左边看向右边，虽然我知道这时候都是空的。

选择

看见 B，在食品部，我没上前去打招呼。如果我选了 B？

是妻逼得我养成了到 Shopping Mall 瞎逛的习惯，只为了迟些回家。妻见到我便问，面包买了吗？烦不烦？我在入大门前故意从袋子里取出面包，亮在手上看，进门，她问：果酱买了吗？烦。最叫我啼笑皆非的是，那晚，熄了灯，要来一番云雨，兴头正紧，迎面，她猝然冒一句：面包买了吗？一句就把我弄颓了。嘿，怎不问，你的小说有没有床戏？

两年一本，就出第十本短篇了，她一本都没读完。

B 还在那儿。当年我有两个选择，A 和 B。A 务实，不苟言笑；B 活泼，爱说梦话。我喜欢 B，可考虑到大白天不适合做梦，日子长长久久呢，便选了 A，就是家里的妻。后悔了吗？若让我重新选择……B 忽然闪到眼前。四眼相投。

Hi，十几年不见，你还写作吗？她问。

疤

　　我第一眼看到他，系里新聘的一位教中国哲学史的教授，吃了一惊。他那两撇眉，像两把青龙偃月刀，扬起。我不敢看第二眼，他的五官我说不清楚。

　　当他转头，背向我时。我好奇，抬头看，又吃一惊。他后脖子上有一道长长的疤，暴凸，肉鲜红，乍看还在流血。心扑通扑通地跳，却忍不住看第二眼，天！眼前一道强烈的白光，闪闪烁烁，搞得我晕晕眩眩。越是害怕，眼睛越给牵引住了，那白光……我几乎坐不稳，要呕吐，赶紧冲进卫生间。

　　他走了。我心神稍定。他姓史，今天报到。嘎，一想起他，又出现那白光，旋呀旋，旋成圈圈圈……又禁不住要想起他。嘎，那白光旋到尽头，咦！是柴市口刑场。狱卒给犯人松绑，褪下木枷，要砍头了。执行官厉声喝道：问你最后一次，降吗？犯人仰天笑：天地有正气，杂然赋流形……剑子手提气，举刀，凝神，挥刀。"砰"！刀弹脱，飞去。犯人脖子上血汩汩，把刑场染得一片红。

母亲听了哧哧地笑：什么时光隧道啦，那是昨晚看的电影……

传话

邻居的老太太买菜回来，在家门口摔了一跤。天！我急忙扶她一把。老太太站不起来，伤了大腿了。天！快八十岁的人。

我呼唤妻，合力搀她进屋，让她坐在沙发上。老太太直喊痛。

打电话给她儿子，电话另一头静默 20 秒，说：我正忙，我二弟在家，手机号码 93392294，麻烦你叫他过来带母亲去看医生。

原来老太太还有个二儿子。我打电话去，把情况大约说一下。电话另一头静默 30 秒，嘟，断线。

我意识到了什么，不敢再打。可老太太直喊痛。我给她冰敷。

二儿子居然来了。我把刚才电话里对他说的话又说了一遍。

二儿子不吭一声，眼睁得迸裂，直瞪。他的眼珠子似乎就要迸到我脸上了。我赶紧退下，回家。给这么一折腾，我直闷得一个早上都做不成一件事。

　　门铃响。是他，二儿子。他说，麻烦你把这交给我大哥。递过来一张纸条，转身就走。我打开看，是老太太看医生的receipt。

倾诉

　　到 NUH 的路上心就沉重，看了她更重了。谁料到了，才三十几就得肝癌。大学时候都喜欢辩论，不时唇枪舌剑，大三参加大专辩论比赛，有整个月几乎天天在一起备战，培养起来的感情在毕业后给冲淡了许多……在病榻她决堤似的倾泻，把往日的友谊又叫醒了。

　　她让我看她丈夫传给她的 SMS：今天怎么样？昨天也是同一个 message。

　　你回他吗？

　　不回。一会儿又说：刚回他，活不久了。

　　去年的 hightea，大家还赞他们是七年之痒，好样！结婚七周年他带她吃高档的菜呢。

　　他自己做主点了菜，就一直对着 iPhone。不知道回了多少个电邮，SMS。很忙吗？这年头谁不忙，他就这样应了我一句。后来，他一边吃，一边玩游戏。

菜，原来仍滞留在她的胃里。干吗还去那么高档的restaurant？

他的 style。

那天七嘴八舌，她跟大家又笑又闹，竟没有一点异样。我边开车边想，要不要打个电话给他，叫他无论如何去医院一趟……

眼睛

　　他喜欢收集猫头鹰。玻璃烧的、铜铸的、木刻的、石雕的、铁丝缠绕的，都有；皮革和彩色纸皮剪裁的猫头鹰也爱不释手。朋友知道他酷爱猫头鹰，溜达时看见形制奇特的，便买下来送他。他出国旅游，偶然发现，必买。书房里那个专柜，大大小小少说也超过三百件了。他还动手制作。专柜上展示的就是他用树种子描绘而成，嵌着玻璃眼睛的猫头鹰。

　　朋友问他为什么喜欢猫头鹰？他都含笑不语，若回答也不正面回答。

　　那天晚上，他说，电流忽然中断，巧，没月亮，连星星也不见了。屋里黑漆漆，屋外黑漆漆，天地一片黑。我家屋后是山冈，那片丛林有鬼叫似的响。偏刮起风，山雨欲来的样子，唬哇唬哇……窗户在怒号。我摸黑蹭到窗口，吓一大跳！有一束光射向我，不，是一对眼睛在瞪我。我的眼睛在黑里瞎了，那眼睛在黑里却亮了。

昼与夜

　　他想太多了，关于那幅画。三年前那天，到上海城市规划中心，刚好有画展，门口的海报说是当今西班牙大师级画家，便进去了。画家的名字都给忘了，却记得那幅画。

　　是素描。画两个头颅相看对谈，眉目都清楚，后脑勺都画半个圆，一个黑，代表夜，一个白，代表昼。题目是男女。

　　他伫立，看好久，想，说不出道理，只觉得有意思。那画，时不时从脑袋闪过去，让他想。他觉得那画应该有个完整的道理，人家是大师哩，想得深刻。

　　科学说的仅仅是科学的真。他往家庭的主从位子去想；又换角度，往现实里的权力与情色的角度去想；又回到日常，往婚姻去想，又觉得男女的观点很不同……越想越觉得从古到今，自己仍在半个圆里兜转。

　　后来连日全食、月全食，他也扯进来想，越想越傻了。

　　唉，即使是探险家，到南极或者到北极去待，昼长夜短、昼短夜长，甚至半年昼半年夜，仍然离不开昼夜呀。呸！他决定把那画从脑袋里 delete。

　　他躺在摇椅里看晚霞。院子里新种的玫瑰一红一白，昨天开得灿烂，今天就萎靡了。茉莉识趣，及时送来幽幽的香。他想，什么时候再去北海道看雪。

你是什么卡？

他在学术界，自从拿到美国博士学位，竟染上了台湾演艺圈的恶习，也放出"我是 A 卡"的气味来。尤其坐上什么主任的位子之后，更摆出官老爷的架子。

渐渐地，他从前的朋友、同学，还有下属，都远远地避开他，他们都自认是 B 卡。最明显是某场合当大家都聚在一起，你就发现他和大家之间有颇堪玩味的距离。不过，我估计他反倒得意起来，因为他这时候通常都和显要的贵宾交谈甚欢，是你们 B 卡没有条件，不敢站过来的。

他和大家之间的距离，叫官场距离，很有戏剧张力的，剧情的发展，结局却多半是滑稽的，比如谁的后脚跟朝天，头撞个肉包子来，或者谁爬着走……

戏，就这样结局的。至于你信不信……反正我是信了。唷！写作人怎么竟也学 A 卡的口吻。好险，一不小心，自己先成了滑稽的主角了——人生如戏，就是这样的啦。

蒙面人

商家搞大热卖，便想到搭蒙面人的顺风车。这回先有预告，又现场分礼品。有 food voucher 首 50 名观众可以在食阁吃任何一摊。两点未到便人潮汹涌，沸沸腾腾。

哈哈，蒙面人与大黑熊同场表演。观众鼓掌。蒙面人亮出一把特大剃刀。观众笑。大黑熊身上的毛蓬蓬飞脱，裸啦，它装模作样赶紧掩住下体。观众笑。蒙面人手忙脚乱给它穿汗衫和牛仔裤。观众笑。大黑熊滑倒四脚朝天，白色汗衫污渍斑斑。蒙面人往脸上一抹，哇！变脸，aunty 学广告惊叫，又一抹，一个除污的 professional 学广告口吻，没关系，你看，把污渍斑斑的白色汗衫丢进洗衣机，拈出一件洁白鲜亮的。观众鼓掌……

问观众。很会闹，有创意。很好，有礼品拿，你看我拿了两只小熊熊，很……

后黄昏

他就坐在那亭子，头斜倾，衰颓得像一件脱线的木偶，可眼睛死盯哪？走过他前面都看不见。哦，夕阳是吧？一轮红彤彤。

我也装作看不见他。我靠近走过让他知道我没看见他。朋友拨急电说看见他每天呆呆地坐在东海岸，我便把散步的路线往西延长到那亭子经过他前面，他看见我了吧。哼！大学四年曾一起研习准备期末考哩。他在香港嘻嘻哈哈吃过我做的菜，妻说，回来连个招呼都不打。后来人家拿到哈佛的PhD，坐上大位子就不了嘛。不就不。哎呀，不来不去不也都老头啦。

明天换到加冷河畔，换换兴致和上次又不一样。七十了我脚步仍稳健，东海岸长长边走边看，人和景。回头走夕阳没了，留一抹残红。想起南子的诗：夕阳把影子拉长／去追逐……

附录

禅意与诗意

——论林高的文学创作

刘俊峰

　　新加坡独立后，新华文学经过近十年的调整、酝酿，于20世纪70年代中期迅速走向繁荣，出现了一支规模宏大的作家队伍，林高就是这一时期出现在新华文坛上的一位颇有影响、深具个性的文学新人。他以独标一格的文学创作，为新华文学注入了新鲜的活力，为海外华文文学增添了新鲜的血液。

　　林高，原名林汉精。祖籍广东揭阳，出生于新加坡，教育学院高级文凭班毕业。任教数年后，赴台湾大学读书，获文学学士。他从20世纪70年代开始写作，已出版散文集《不照镜子的人》《抛砖集》《往山中走去》和微型小说集《猫的命运》等。

　　与很多作家一样，林高是以散文创作步入文坛的，而且他的散文创作在数量上远多于小说。但从本质上来说，林高首先还是一位小说家，而且是微型小说家，是一位有着自己独特的艺术追求和艺术个性的微型小说高手。

他属于海外华文文学史上的人生派作家。他主张"把文学展现在人们的眼前，让文学在人们耳边响起来，成为人们生活中必会接触到、感受到的东西"。他以一支锐利而灵动的笔，在普通百姓平凡、细微的生活中开掘人生和人性的丰富内涵。从人生里开掘人性，从人性中展示人生，成为林高微型小说创作的自觉追求。《输掉一生》里的李保发十年前跟着人家买股票，输了三千元，从此，为了挣回这笔钱，他一方面省吃、省用、省穿，连一块钱一个的包子也舍不得吃；另一方面进行着纸上投资，每天在纸上买进卖出，买价卖价，一股一股都记录在案。十年了，纸上赢利超过五十万，成了股市的专家。但他只敢在纸上投资，只敢指导别人投资，自己不敢放胆再干一次。由此可见，一次买股输掉的岂止三千元钱，他输掉的是他整个的一生。如果说李保发"一朝被蛇咬，十年怕井绳"的孱弱性格造成他可悲而又可笑的命运，不无喜剧的讽刺意味；那么《老潘的下半辈子》里的老潘则不无悲剧的悲哀色彩。老潘原是一个能干的厨师，只因赌博与同事大动干戈，被老板辞退，从此赋闲在家，胃痛的老毛病偏又在这时找上门来。自此以后病恹恹的身体上又多加了一层懒惰的毛病。全家的担子自然落在了妻子的肩上..0妻子只好向她姐姐学做卖笋、韭菜和把糯米做成米糕的小买卖，堆积起来的工作变成心头的一堆火药，触火即爆，甚而给老潘下了最后通牒，若不将米磨成浆，连残羹剩饭也吃不到。老潘只好挣扎着起来，磨米，磨他自己。这就是老潘的下半辈子的人生。小说结尾处，作者无限感慨地说"到底是老天在折磨他，还是他在折磨自己？还是日子在折磨他们一家老小呢？"由这样的人生引发了作者对于人性的深沉思索："有些人类是很悲哀的——变成了两块磨盘，一上一下，互相挤压，才挤出乳白的米浆来。"

林高就是在夫妻、男与女、婆与媳、同事（学）之间与邻里之间的关系中，在他们互相磨合、互相挤压的人生中拷问其复杂的人性的。《半个橘子》，由半个橘子引发的一场冷战，表现了夫妻间感情的脆弱。"现代人的感情，太轻，像枯叶，给风一吹就不见了"，《爱情侦探》则通过雇用私家侦探来调查对方的行踪，表现了男女之间爱情的不可靠，"男人没有一个叫人放心"。在《点歌》中，男的一边与别的女人鬼混，一边打电话给老婆点歌；女的"不甘示弱"，也点一首歌给高中时曾追求过她的同学，最具讽刺意味的是，一个点的是《月亮代表我的心》，另一个点的是《等你等到我心痛》，游戏感情的一对男女同时也是在游戏人生。《一块抹布》借"一块抹布"写活了婆媳这对"冤家"根深蒂固的矛盾和奥妙复杂的人物心理。正如他在短篇小说《一个人一个死结》中借人物之口所说的"夫妻、母子、婆媳、姑嫂的情纠缠在一起，就打成个死结"。"婆媳之间的纠纷，好比蜘蛛结网，一圈一圈地扩大"。

在散文《种子世界》里，作者谈到现代生活的特征时说"人与人之间隔着一个'疑'，心与心之间就隔着一道'墙'"。在短篇小说《小黑屋启示录》里这样描述："两边都努力筑起一道墙，用猜疑、仇恨、恐惧、误解、谣言做材料，墙越筑越高越厚，然后把对方推出墙外去，你看不见我，我看不见你，两方反而觉得舒适安全"。作为一个清醒的现实主义作家，林高正是发现并正视人与人之间高墙的存在，所以一方面充分展示并希望借以得到拆除，另一方面他又向往与赞美别样一种人生，别样一种人性，别样一种美好的人际关系。《得救》中的爱媛，自以为老于世故，在与同事相处中，用警戒心换来了安全感，"她在她的内心世界过日子，同事在他们的圈子里过日子"。后来，在同事对一只羽翼未丰、被风雨从树上打下来的小鸟的关爱上，看到"真是一片好心"，然后和她们一起去买鸟食，第一次和她们一起去吃午餐。"得救"的岂止一只小鸟，更有爱媛一颗"戒备的心"。《给你》和《还没有写的信》在对比的描写中表达了作者追求真善美、针砭假恶丑的鲜明的态度。前者通过孩子们玩球的游戏，把儿童天真无邪的世界和他们妈妈的阴暗的心理做了鲜明的对比；后者则借一次意外事件，把热心助人、见义勇为的的士司机和缺乏爱心的博士级讲师做了鲜明对比。对人生与人性中的假恶丑的讽刺性否定，更坚定与强化了林高对人生与人性中真善美的追求。《水梅》中的陈老师在生命的最后时刻，躺在医院的病床上，念念不忘的仍是他送给"我"的那盆水梅花——好一个爱花的人，一个爱美的人，一个对人、对自然充满爱心的人，他使"我"觉得"那是一个生命，陈老师对它的爱必须传承下去"。作者敏慧的心不放过人生中一丝细微的美好情愫的颤动。短篇小说《再种一棵红毛丹》里的退休后的陶大亮则在"梦一般的"桃花村，在那些心地善良美好的乡下人身上找到了人与人之间的美好和谐的人际关系。小说最令人感动之处在于，故意躲在家里看着"偷采"红毛丹的小喽啰费力地敲打树上的果子的陶大亮，不但为他们烧掉树上的蜂巢，而且决定明天再种一棵红毛丹。桃花树的确像一个"世外桃源"，作者和主人公一样，把美好的人际关系寄托在"那些不受都市人恶习感染的乡下人"身上，所以在散文《种子世界》里，作者这样说"倘若在城里偶然遇到一个'乡下人'，千万要把他抱住"。理想主义色彩显而易见，但这种理想主义不正充分表达了作者对人与人之间真挚、和谐、美好的人际关系的追求和向往吗？

林高在一篇散文中曾把溪头森林公园比作是个"不爱开口的老禅师"，"美与丑、善与恶、新奇与平淡、艳丽与朴素，都有它的道理在。他已经把最好的拿出来，摆在那里，任君随缘玩赏罢了"（《不爱开口的老禅师》）。把这段话移来说明林高的文学创作也是再合适不过的了。如果按禅门中人的看法，林高也者，无疑是一个颇有悟性，在某些方面已经得道了的世外高人。在他的文学世界里，他正像一个老禅师，把"美与丑、善与恶、新奇与平淡、艳丽与朴素"全部展现在你的面前，为你创作出一个禅意盎然、诗意盎然的文学世界。林高在他的创作中为自己的诗意与禅意找到了最适宜表达的物化形态——微型小说，他在诗意—禅意—微型小说的最佳结合中找到了观照人生与表达思想情感的最佳艺术途径。禅意是其精魂，诗意是其表现；诗意与禅意互相渗透，互相影响。禅意，赋予诗意以理趣和意境；诗意，赋予禅意以艺术形式和表现方法。此两者相互作用，恰如元遗山诗云"诗为禅客添花锦，禅为诗家切玉刀"。"若只见其文学世界中的诗意，而不见其诗意背后的禅意，未免是皮相之见"。林语堂说过"人生读起来几乎像一首诗"，但中国古代的文人却认为"诗读起来像一次禅机"。

那么，人生＝艺术＝禅机？！这是的确的，禅意，往往凭借思的"悟"和"趣"，在解答着一切，解答着关于复杂的人，关于同人一样复杂的自然，关于由复杂的人所构建的复杂的社会，关于物与物、生命与生命、人类与大自然的联系，举凡这些，不也正是作为作家的林高苦苦思索、不懈追求的吗？

林高文学世界中的禅意与诗意主要表现在以下三个方面。首先，在禅家看来，正因为"荷叶团团似镜"，因此我们能从一粒沙中窥见一个世界，一朵花中发现一个天国。一旦我们真正悟出禅意的审美方法和审美价值时，则片言只语可见无限温存，淡笔点墨可寻千里江山，一枝瘦竹画出伊人憔悴，数根丝弦传来阳关三叠。因此，严格地说，禅机不仅是中国艺术的妙悟之启端，而且也是把握人生、揭示未知世界的一种方法论，它正好在微型小说这种艺术载体中找到了最佳遇合点和遇合形式。微型小说的最本质的特征便是"以小见大，以微显着"，对浩渺无边的人间诸相，如豹窥一斑，鼎尝一窝，弱水三千，取一勺而知之。因此，小说家汪曾祺说"写小小说确实需要一点'禅机'"。林高就是具有这种"禅机"的微型小说家。他往往从半个橘子、一副对联、一只垃圾桶、一串贝壳、一颗钻石、一只小鸟、一条蛇、一块抹布、一盆水梅花、一面镜子、一张自画像，甚至是一声叱喝与一句无心的话中展示人生种种相，开掘人性的丰富内涵。《最好没有嫦娥》中的"他"徘徊在相思树下，老僧参禅似的琢磨着一句话："都快给他琢磨成一颗钻石了，还要一再琢磨——他太珍惜那句话，那句话包含的情感"。终于在少女对他回眸一笑的一刹那，"他琢磨良久的那句话，完成了：爱情是一棵树，继续生长，还会百花开放"。但"他不知道要把那句话捏在手心，还是藏在口袋里"；那是一颗钻石，他只送给心爱的人。以禅家"参活句"的方式琢磨成一句话，已经禅位十足了，这禅味十足的一句话又被琢磨成一

182

颗钻石，更平添了几分韵味隽永的禅趣。在题为《钻石》的小说中，主人公"他"为了得到她，得到她非要不可的钻石，虽然付出了额外的时间和精力，"不幸，那颗钻石，还是高高悬在天上，亮晶晶地吸引他，却采不到"。后来在一次酒醉后，迷迷糊糊地来到一处有着满山满树桃花的地方，他采了一朵桃花，桃花亮闪闪的，变成了一颗钻石。等带着贪心的她再来寻找更多的钻石时，再不见桃花了。小说的最后写道：

她希望落空，无名火升起，骂道："没见过像你这样的傻瓜。"

他十分委屈，说："算了，我们得到一颗，够了。"

她掏口袋，触摸到那颗钻石，脸色骤然大变，急忙掏出来看：钻石变成了石子。

他吃了一惊，眼睛死死地盯住那石子。

她咬紧下唇，把石子向他掷过去，骂道："你骗人。"

石子正好打中他的额头，血泪泪地涌出来，凝结成朵朵鲜红的桃花。

桃花变成了钻石，钻石又变成了石子，石子打中额头，泪泪而流的血又凝结成朵朵的桃花。这似真似幻、亦真亦幻的描写，弥漫着浓郁的禅意和诗意。

其次，林高文学世界的禅意和诗意还表现在注重启示、象喻和内心的直觉体验上，颇类同于禅意里的"妙悟"。众所周知，"妙悟"是禅与诗的第一要素。严羽《沧浪诗话》指出"大抵禅道在妙悟，诗道亦在妙悟"。吴海《藏海诗话》也说"凡作诗诗如参禅，须有悟门。"因为按禅意来讲，说出的都是有限的，唯瞬间顿悟，才能由一物而知天下，由小事而识大理。《看画》里的一对新婚夫妇，都是两三年便争得荣誉学位的不同凡响的人才，但就是这一对不同凡响的人才面对母亲从中国带回来送给他们的一幅古画，竟不知画家唐寅乃何许人，以致闹出了唐寅是否还活着的笑话。后来他们向"我"讨画。"我"画了一张水墨小品给他们，画的是浮萍，"绿意正浓，白花几朵，有只蛙正踢腿游出水来。题的是：蛙得水域，浮萍无踪"，小说就这样结束：

"不知道年轻夫妇把我的画挂上去了吗？挂上去，他们看出什么东西没有。"

真是画中有"话"，画（话）里藏有禅意与禅心，而一切又不复直白说出，蕴藉含蓄却使人能默以神会。《十字路口》选取的看起来是一个无甚意义、无关宏旨的题材：十字路口，一个衣着光鲜的中年汉子站在斑马线上，车辆停住，让他过去，他却示意司机可以开车走，如是这般，故伎重演，直到被警察带走，"他边挣扎边喊叫，喊叫出来的话完全符合语法：我在指挥车子，我在指挥车子！"假如作品到此为止，无非是一场颇滑稽的闹剧而已，可作者就此宕开一笔：

"回家后我一直在想那个中年汉子，以致错过了八点新闻报道，只好把他抛开，静下心来看书，看一本毫无趣味又不得不看的书：《人的一半不是人》。凑巧我看到最后一章——权力结构与人性。"

看似十分凑巧、十分不经意的叙述，却不能不让你惊叹实乃神来妙笔、画龙点睛之笔，使你茅塞顿开、恍然顿悟；它含有禅理、禅趣、禅机而又韵味隽永。像这种"由一物知天下，由小事而识大理"以开掘人性为主旨含有禅理、禅趣、禅机而又韵味隽永的小说，最具代表性的当是《苟道源自画像》。

"苟道源"者，"寻""道"之"源"也。（这绝非望文生义或顾名思义的文学游戏，证诸林高的所有小说，我们发现他在给小说的主人公命名时不是率尔操觚，而是别具匠心的，譬如《输掉一生》的"李保发"，《吹泡泡》里的车转运，《门里门外》里的"假仁假义"的"普仁嫂"）。他画的每个人像都有两张脸孔，而且，"一张好看——至少五官端正；一张丑陋，有的两只大牙无端伸出唇外，有的双眉倒竖，像刷马桶的刷子……"并且他进一步解释道："每个人虽然都有两张脸孔，可是，有分别啊！有自觉的，有懵懂无知的；有情愿的，有身在江湖的；有天性如此的，有后天改变的；有自甘堕落的，有急流勇退的……不一样，脸孔当然不一样。"小说的最后，当"我"问苟道源"你要以什么样的面目嘴脸见人？"作品写道：

荀道源的眼珠子溜溜转，停住，又溜溜转，又停住，仿佛刹那间他已跑到好遥远的地方，去寻求答案。

"我还在思索……我该怎么画呢？你说……"

我没有回答。这一回他说不定能豁然开朗，偶得玄机。

偶得玄机，而不点破，豁然开朗，却不说出，解悟神韵，意蕴深邃，禅助化境，妙谛迭现。这正是禅意与诗意共同追求的"言外之意"与"味外之旨"。因为，"言不尽意"，"旨冥句中"，参禅要靠自己的"灵心"去领悟禅师们言外的无穷意蕴；写诗的人要靠自己的"冥思"去创造"含不尽之意于言外"的艺术境界，不执着于言，不拘于章句之中，在这一点上，林高的创作达到了禅意与诗意的一致，是他文学创作极其鲜明的艺术特征之一。他着墨，往往留下一些"有意味的空白"。在散文《往山中走去》里，林高这样谈到"山"："山是美的化身。山中灵光一闪，即有美的启示；谁是幸运者，谁就开窍，谁是聪慧者，谁就顿悟"。他又说，"山为了考验我们的鉴赏力，所以特地留白。有了这一片白，我们就有了更丰富、更宝贵的美感经验"。看来，我们也可以这样说，林高的确是师法乎"山"的。他为我们留下的"这一片白"，不仅为他的文学世界抹上了一层浓浓的诗意和禅意，也给他的作品带来了别开意境而又耐人寻味的艺术魅力。

第三，林高文学世界中的禅意与诗意表现在对于禅的"原始意象"（"相"）的化用与借用。日本禅学大师铃木大拙认为，禅是一种符合科学本意的深层无意识，是一种于"不立文字"中寄寓着的深层无意识。一方面，禅的领悟不存在任何参照物，一切都是以"空"为背景的，但另一方面，禅为了使人们都领悟到这种集体无意识，又可以假定出种种"相"来做参照，如佛、菩萨、尊者、法器、宝殿、信物等，实际上就是通常所谓的"原型"或"原始意象"。有意思的是，在林高这个现代化都市题材的艺术世界里，却飘荡着一阵"禅气仙风"。在小说《镜子》中，从竹脚市场上买来的那面看起来颇古雅的镜子不仅有些"邪门"，而且被称为"哪来的妖镜"。卖镜子的老者的行为做派更有着现代都市人不可能有的"仙风道骨"。这是主人翁贾涵眼里的卖镜子的老者："她经过那里，看见一位老者抱着腿，下巴枕在膝头上，半蹲半坐，衣服破旧肮脏，像个叫花子。他也不看人，前面铺着布袋，上面摆着一些镜子。分明是姜太公垂钓的心情——愿者上钩。"此乃"一奇"！"问价钱，老人也不开口，只伸出五指。那是多少钱？五百？五十？还是五元？贾涵丢下五角钱。老人竟也不嫌少，收下，一言不发。"此之谓"二奇"！最令人不解的是，他疯疯癫癫地出现一次后，杳无踪影，"也不知道去了哪里。"此可曰"三奇"！

正是这个"奇人"带来的一面"奇镜"，照出了女主人公贾涵左眼角上巧施脂粉也遮不住的黑痣，照出了男主人公曾霸天眉眼间的怨恨和杀气。于是他们认为是"镜子有问题"，把它扔到垃圾桶里，并用高跟鞋踩破方有种"报了仇似的"快感。这面"奇镜"映照出的是怎样的一种人性内容！《决斗》里的"他"也有一面小铜镜，老和尚给的，他的曾祖父、祖父、父亲三代人都在和"魔头"战斗中不明不白地失踪了。到他这一代，十年中在深山里只和刀枪为伍，苦练武功，熬到今日才下山，就是为了找到"魔头"决一死战。老和尚却对他说"不必到天涯海角，跟着我，我帮你找。"他没有理老和尚的话继续走。老和尚叫住他，给了他一面小铜镜，说："戴在胸前，能不能保护你，看你的造化。"他继续走，看到一个少女正在沐浴。小说写道：

他全身的血一下子变成岩浆，四处奔流，烫得他汗珠直冒。

他愤怒了——这少女明明是魔头变的。他举起剑，飞身直下，直刺少女的胸膛。

一声哀叫，利剑刺入他自己的心，潭水染成血红。他直愣愣的眼睛，似在寻找少女的影子。

他胸前的那面小铜镜，竟一丝血迹也没有沾到。

祖孙四代人，走遍天涯海角寻找的"魔头"，原来就在他们自己身上，就是他们自身的"欲念"，难怪起先老和尚就说"不必到天涯海角，跟着我，我帮你找"；难怪在他不听劝告，执意要找"魔头"决斗时，老和尚要给他一面小铜镜。散文《种子世界》里谈到"求与不求"的问题时，有这样一段话，有助于对这篇小说的理解，他说"王维不知道香积寺在哪里，他行行重行行，数里后转入云峰深处，一路所见所闻是古木、流泉、冷冷的暮色、悠悠的远钟。向晚十分，他才走到香积寺的曲潭。诗人要做什么呢——安禅制毒龙。""毒龙就是欲念。人到哪里，欲念跟到哪里，如影随形"。这如影随形的"毒龙"，不正是小说里的"魔头"吗？饶有兴味的是，禅宗中也流行有这样一个公案，说有一个和尚每次入定都遇到一只大蜘蛛来扰乱他的宁静，而且无论怎么赶都赶不走，此事被禅师知道了，就嘱咐那个和尚，如果蜘蛛再来就拿一支笔在蜘蛛的肚皮上画一个圆圈作为记号，看他是何方怪物。和尚照办了，他在蜘蛛的肚皮上画了圆圈以后，蜘蛛就走了，他也安然入定了。待出定之后，和尚睁眼一看，那个圆圈却在他自己的肚皮上。林高的小说、散文与流行的禅宗公案相映成趣，使得这篇格调高古的小说更显得诗意氤氲、禅意盎然。如果说《决斗》表现的是人类与自己身上的"魔头"挣扎，那么《笼子里的心》则反映的是人类与自身以外的"笼子"的争战。那个笼子巨大无比，我们都生活在笼子里。因此，"要摆脱那种企图牢牢地控制人们的东西——笼子"。举凡这些小说，或格调高古，或轻灵莹彻，或意蕴生动，无不含有禅理、禅机、禅趣而韵味隽永，寄寓了作者义、理、情并重的审美观照，是东方智慧的一种结晶。

作为一个海外华文作家，且置身于中西文化交汇与撞击这一特殊文化背景之下，林高的创作不可能不汲取现代艺术的营养。事实上，他正是以现代意识与现代观念，转化并点化古老的智慧与古老的艺术。《舍不得》是林高最具探索意义也最难解读的一篇小说。单从内容上来说，这篇小说并不难理解，写的是一个孤零零住在一房式组屋里的老人，小心地固守一份"舍不得"的"财产"，总是担心有人要偷他家里的东西，不仅门窗都上锁，连钥匙也系在腰下。老人"舍不得"的是什么呢？他死后人们发现是两张污渍斑斑而且破损了的沙发，一张茶几，黏黏腻腻地堆在一起发霉的被褥、枕头、床单，缺口、脱漆、沉渍的碗筷盘碟之类。这就是老人"舍不得"的一切。而就是这些老人万分看重、"舍不得"的东西，在邻居眼中是"留下来生虫子""看着就恶心"的一文不值的垃圾，在他死后一把火烧成了灰。终其一生老人什么也没守住，什么也没抓住，一切归于零，一切流于空。这篇小说开掘人生与人性的深度方面有它的独到之处，但它最突出的特点还是表现在它对艺术形式的探索。它总计十个文本单元，后加一个由三组数字构成的"尾声"——

012345……543210
01234567……76543210
012345678910……109876543210

这三组由"0"始至"0"终的颠过来、倒过去的数字，不是一种无意义的文字游戏，而是一种"有意味的形式"，是帮助读者破译艺术作品底蕴的"密码"。第一组数字标示的是这篇小说的两条叙述线，在文本中，按作品标示的序号"一——二——三——四——五"，这条线是从老人的邻居和社会工作者的视角来叙述对老人死的反应及对老人的了解，可谓"邻人眼中的老人"；按作品标示的序号"五——四——三——二——一"则是从老人自身的角度叙述的。而三组数字合起来又像一个一阴一阳，阴阳相克，有无相生，首尾圆和，呈现为圆形流转的太极图，它由"0"始至"0"终的循环，不正隐含着作者对人生的某种理解、某种评价吗？明乎此，我们便豁然开朗地明白了艺术作品的底蕴和作者的匠心独运。在表现形式上，这篇作品无疑借鉴了现代西方艺术，譬如美国作家克莱尔·萨夫安的报告文学《冰河英雄》就是较早利用数字构筑其时空交错的文本单元，新加坡的微型小说家张挥在他的著名小说《45、45 会议机密》中也成功地运用过"数字技巧"。但是，我觉得林高这篇小说的不平庸之处就在于他成功地把艺术作品的底蕴和表达这种底蕴的形式绝妙地融为一体，把东方文化的智慧和神韵与西方艺术的表现形式巧妙地结合起来，从而使他的创作既具东方韵味又有世界色彩。除了微型小说，林高还创作有少量的短篇小说和为数不少的散文，有意思的是，不仅他的短篇小说更像微型小说，他的散文创作也像微型小说。如果要硬性作出区分的话，或许可以勉强这么说，小说是林高对人生与人性的诗性描述，而且诗中见禅；散文是他对人生与人性的禅性阐释，而且是禅中见诗。事实上，在林高的文学世界中，诗与禅、禅与诗是交融在一起的，是他的眼光，是他的胸襟，是他的宇宙观，也是他的审美观。他以他特有的诗意、禅意交融的笔触，不断地开掘人生和人性的丰富宝藏，表达着一个严肃的、有强烈社会责任感的作家对假恶丑的讽刺与憎恶，对真善美的颂扬与追求。